TAKE
SHOBO

君が悪女じゃないなんて

初夜の寝室で残虐皇子（偽）に困惑されました結果、メチャクチャ溺愛されてます

日車メレ

Illustration
如月 瑞

JN053695

蜜猫
MitsuNeko

contents

イラスト／如月 瑞

君が悪女じゃないなんて

初夜の寝室で
残虐皇子（偽）に困惑されました結果、
メチャクチャ溺愛されてます

第一章　私が悪女だと、本日知りました

「夢みたい！　私が皇太子殿下に望まれているなんて。……でも、当然のことだわ……お姉様もそう思うわよね？」

興奮気味の異母妹から話しかけられたアデラインは、ティーカップにお茶を注ぎながらひかえめに頷《うなず》いた。

「え、ええ……そうかもしれないわ……」

皇太子からの手紙には、ヴァルマス伯爵令嬢に良縁を用意したと書かれていた。

その令嬢というのが姉妹のどちらを指すのかは、二人の格好を見ただけで一目瞭然だ。

ただ結っただけの黒い髪に、使用人が着ているのと大差ない地味なドレス姿のアデライン。

一方、異母妹のリネットは、ふわふわとした紅茶色の髪に大きなリボンをつけ、フリルたっぷりのドレスで着飾っている。

共通点は二人とも深い青の瞳をしていることくらいだ。

父亡きあと、前妻の娘であるアデラインは、すっかり厄介者だった。

十九歳になっても社交界デビューを果たしていないため、ヴァルマス伯爵家の令嬢は実質的にリネット一人なのだ。

この日もいつもどおり、リビングルームでくつろいでいるのはリネットで、アデラインは給仕役としてここにいるだけだった。

「その『私には関係ないです』って態度はなんなのかしら？　半分しか血が繋《つな》がっていないとはいえ、妹の幸せを喜べないなんて！」

反応の薄い姉の態度に腹を立てながらそう言って、リネットは紅茶を口元に運んだ。

今の自分の境遇を理不尽に感じてはいるものの、アデラインはべつに異母妹の不幸を願っているわけではなかった。

ただ、皇太子からの良縁というのが、リネットの思うようなものかどうか疑問で、思わず態度に出てしまったのだ。

手紙には、縁談相手の男性がどんな人物かという重要な情報が書かれていなかったのだから。

「でも……皇太子殿下には婚約者がいらっしゃるでしょう？」

アデラインの記憶違いでなければ、皇太子の婚約者はとある侯爵家の令嬢だ。

未来の皇后となる人物の話題なら、貴族社会だけではなく全国民の関心事だから、不仲説や破談の気配があったらさすがにどこかで耳にするはずだった。

（あとでリネットに八つ当たりされるのは嫌……）

もし、もたらされた縁談が異母妹の期待どおりの内容でなかった場合、きっと不満をぶつけられるのはアデラインだ。アデラインはただ、それだけを恐れていた。

「お姉様って本当になにもわかっていないのね」

「え？」

「……婚約なんて皇太子殿下が望まれたら、いくらでも覆せるでしょう？　だってこのデリンガム帝国で二番目に尊いお方なのだから。貴族に従う必要なんてないじゃない」

リネットはため息混じりにそう言って、アデラインを小馬鹿にする。

アデラインとしては、被害を最小限にとどめるために縁談相手が皇太子ではない可能性もあると伝えたかったのだが、結果として異母妹の機嫌を損ねてしまったみたいだ。

「それにね……。ただの縁談なら、相手のお名前が書かれていないのも、明日わざわざ皇太子殿下が我が家にいらっしゃるのもおかしいじゃない！」

それは確かにリネットの言うとおりだった。

皇太子には婚約者がいるからこそ、手紙での求婚ははばかられたという説明なら、あり得るかもしれない。

ただし、ヴァルマス伯爵家は財政難でこれといった取り柄もなく、歴史だけは古いが没落気味だ。

そんな家の娘が皇太子に望まれるという想像が、アデラインにはやはりできなかった。

「アデライン！」

　名を呼ばれてそちらの方向に視線を動かすと、扉の付近に義母のケイティが立っているのに気がつく。

　ケイティは、リネットなどとは比べものにならない――鬼の形相でアデラインをにらんでいた。

「あなたという娘は……また妹を傷つけるなんて！　本当に性格が歪《ゆが》んでいるのね？　お情けで引き取られただけっていう自覚があるの？　生活の面倒を見てもらえるだけで感謝しなければならない立場だというのに」

　皇太子には正式な婚約者がいるという指摘がそれほど悪かったのだろうか。

　そして、婚約者が定まっている男性との結婚を望む異母妹は善だったのだろうか。味方のいないこの屋敷で暮らしていると、自分の意見が正しいのかどうかだんだんと自信がなくなっていく。

「返事もできないの⁉」

「……申し訳ありませんでした、お義母様《かあ》」

　アデラインとしては義母の機嫌を損ねないように気をつけていたつもりだ。けれど、血の繋がらない娘の存在そのものを疎んでいる義母とはきっと、わかり合える機会などないのだろう。

　アデラインはこの数年で随分と諦めるのがうまくなったようだ。

「もう下がりなさい」

「はい」

義母に命じられたため、アデラインは静かにリビングルームを去ろうとした。

「ねぇ、待って。お姉様」

リネットに呼び止められ、アデラインはチラリと彼女のほうを見る。

皇太子からの手紙を手で弄びながら、リネットはニヤリと笑った。可愛《かわい》らしい容姿の異母妹だけれど、この顔をするときはろくでもないことを考えているとわかりきっている。

「言い忘れていたのだけれど……。明日、皇太子殿下の前で絶対にヴァルマス伯爵家の娘だなんて名乗らないでちょうだいね？」

「わかっているわ」

リネットは、アデラインが伯爵家の娘として皇太子に挨拶するなんて許さないというのだ。

アデライン本人も、当然それは承知している。

今、この家で使用人のように扱われていたとしても、実父が愛した伯爵家はアデラインにとっても大切なものだ。身内のゴタゴタを高貴な人にわざわざ伝える必要はない。

「でもかわいそうだから……メイドとして私のそばにひかえていることは許可してあげる。紅茶をいれるくらいなら、お姉様にもできるでしょう？」

「まぁ、名案だわ！　人手不足でもあるし。さすがはリネットね」

クスクスという二人の笑い声がリビングルームに響いた。

どうやら異母妹は、自分が高貴な人から求婚される場面を、姉に見せつけたいらしい。

義母と異母妹の言葉は提案ではなく命令だ。とくに返事を求めていないようだったため、アデラインはそのままリビングルームをあとにした。

（本当に皇太子殿下がいらっしゃるのならば、おもてなしの用意をしなければいけないし）

この屋敷――伯爵家のタウンハウスの使用人の数は、現在メイドと料理人のそれぞれ一人ずつだ。実質的にはオールワークスメイドという扱いになっているアデラインを含めても、たった三人しかいない。

以前は十人以上の使用人が働いていたが、ここ最近はなにかの事情で人が辞めてしまったとしても、新しく雇わなくなったのだ。

義母は、アデラインが余計に働いて補えば、給金を出す必要がなくてちょうどいいと思っているのだろう。

高貴な方を出迎えるためには、それなりに準備がある。

おそらく、義母もリネットも自分たちがどんな装いで出迎えるかということしか頭にないだろう。今日のうちから二人の使用人に指示をして準備を進めなければ、不手際があったときにまた叱られてしまう。

そう考えて、アデラインはその日一日、清掃や買い出しに追われ慌ただしく過ごした。

◇　◇　◇

ヴァルマス伯爵家の家族構成は大変複雑だ。

アデラインの実母は産後の肥立ちが悪く、アデラインの誕生とほぼ同時に天国へと旅立った。

実父はきっと、娘には母と呼べる存在が必要だと思ったのだろう。半年後には後添えのケイティを迎えた。

そして誕生したのが二歳年下のリネットと、五歳離れた異母弟——伯爵家の跡取りであるジョナスだ。

アデラインと義母のあいだには、昔から多少の距離があった。

それでも、実父が望んだ再婚相手の条件の一つが『前妻の忘れ形見をきちんと教育してくれる者』だったため、彼が存命中のうちはあからさまな差別はなかったように思う。

どれも「長女だから、厳しくしつけないと」という言葉で説明がつく範囲だった。

後妻が前妻の娘を邪険にする——そこまでは、ありふれた話だ。

生活が一変したのはアデラインが十五歳の頃。実父の病がきっかけだった。

実父は、自分の余命が幾ばくもないと知ると、独身主義を貫いていた弟ハリソンに、こんな依頼をしたのだ。

「どうか、ジョナスが大人になるまで伯爵家を守ってくれないか……？」

当時十歳のジョナスが伯爵位を継いで家を盛り立てていくのが不可能だと判断した父は、自分の弟を繋ぎの伯爵に据えようと考えた。

四十歳を過ぎても独身で子供のいないハリソンならば、本来の跡取りであるジョナスの立場を脅かさないというのが実父の考えだったようだ。

仲のよかった兄の頼みであったから、ハリソンは願いを聞き届けた。

将来の爵位継承を円滑に行うため、実父の喪が明けてから、新伯爵である叔父のハリソンと、義母のケイティは婚姻を結んでいる。

これはヴァルマス伯爵家の三人の子供たちを養育するうえでの都合によるもので、義父と義母のあいだには夫婦としての愛情は存在しない。

未亡人が、死別した夫の血縁と再婚するなんてことは一般的には醜聞となる。それでも、家の存続や家同士の繋がりを重視する貴族の社会では、時々起こる事態らしい。

すべては幼い次の伯爵であるジョナスのため――そう説明すれば、後ろ指を指されずに済むのだという。

(叔父様……いいえ、お義父様は……娘の教育には無関心なのよね……）

アデラインは当初、世代交代してもまだ貴族の令嬢として変わらない生活ができるようにしてくれた実父や、それを受け入れてくれた義父に感謝していた。

予想外だったのは、義母ケイティが前妻の娘を本気で邪魔な存在だと考えていたこと、さらに義父ハリソンに三人の子の父という自覚がなかったことだ。

ハリソンにとって、ヴァルマス伯爵家のタウンハウスは今でも兄の家であり、契約上の妻であるケイティは兄の伴侶という認識だ。そしてアデラインはあくまで姪《めい》なのだ。

だから居心地が悪いらしく、デリンガム帝国の社交シーズン中も、彼は都ではなくほとんど領地で過ごしている。

（お義父様がお帰りになっても、私の話なんて聞いてくれないし……）

この家ではケイティの意見が絶対で、ハリソンはあまり口出しをしない。

ケイティの理屈では、現伯爵の娘でもなければ現伯爵夫人の産んだ子でもないアデラインなんて、令嬢として扱うほうがおかしいのだという。

養子として迎えたが、それはあくまで世間体を気にしただけで、アデラインのせいでジョナスやリネットにかけられる金が減るという事態は認められないというのだ。

（お義父様はそれでも気まぐれに、私の社交界デビューはいつか……なんておっしゃるけれど）

ハリソンにとってはアデラインもリネットも血縁としては姪だから、一応ケイティの方針を認めてはいないらしい。

そんなとき義母は、アデラインが不勉強でマナーがなっていないとか、現在の伯爵家には二人の娘を社交界に送り出す財政的余裕がないとか、いろいろな理由をつけて先延ばしにする。

そもそも、義父がタウンハウスに滞在しているあいだでさえ、アデラインは彼に会って自由に意見を言えない。ケイティはハリソンが帰って来る予定を知ると、彼とアデラインが会話をする機会をことごとく奪うのだ。

「アデラインは旦那様と私の関係を汚らわしいものだと考えているそうです。……だから一緒に食事をしたくないのですって。難しい年頃ですから、今はそっとしておいてあげましょう」

例えば、こんなふうに説明して食事の席からアデラインを追い出す。

そしてリネットも義母と共謀し、アデラインを孤立させていく。

「お姉様だけ家庭教師をつけてもらえない？　それは嘘《うそ》よ、お義父様。……お父様が亡くなってからお部屋に引きこもるようになってしまって、先生がいらっしゃったときにも出てこないだけだわ。今は学ぶ気持ちがないのでしょう。困ったわね」

ハリソンは家族と顔を合わせるたびにそんな話を聞かされて、いつの間にかアデラインと距離を置くようになった。

最初の頃、アデラインは義父との対話を試みたのだが、だんだんと逆らっても無駄だと悟っていった。

仮にケイティたちの言葉が嘘だとハリソンにわかってもらえたとしても、それがなにになるのだろう。

義父が帰ったあとに仕置きが待っている可能性を考えれば、義母の言葉を否定してもいいことなんて一つもない。

（いずれは本当に使用人になるのかしら？　それとも修道院かどこかに追いやられるの……？）

使用人の仕事が嫌だとは感じない。

尊敬できる人に仕えられて、正当な給金と少しの自由が手に入るならば、メイドとして働きたいとすら思っている。

けれど、都合のいい労働力であるアデラインには、ここを出て行く許可が下りなかった。

不安なまま日々を過ごし、アデラインはいつの間にか十九歳になっていた。

◇◇◇

翌日、午前中から皇太子の来訪があるということで、ケイティとリネットは浮かれていた。

（昨日のうちに隅々まで清掃しておいてよかったわ）

着替えを手伝え、髪を結え——リネットたちからひっきりなしに依頼が来て、休む暇もない。

「もう夏ね！　汗をかいても化粧が崩れないように仕上げてちょうだいね」

鏡台の前に座るリネットが無茶な要求をしてきて、アデラインは心の中でため息をつく。

「善処するわ」

化粧の専門家ではないし、崩れないようにするには笑い方や紅茶の飲み方など本人の努力も必要だと諭したかったが、そんなことは到底口にはできない。

六月になり、汗ばむ日が増えてきたのだが、今日だけはあまり気温が上がらないでほしいとアデラインは願った。

結局アデラインが異母妹たちから解放されたのは、いつ皇太子が到着してもおかしくない時間だった。

最後に、お湯を沸かしてあるか、料理人に頼んである軽食の用意が調っているかなどを厨房《ちゅうぼう》で確認したあと、出迎えのためにエントランス方向へ歩き出す。

すると異母弟のジョナスに声をかけられた。

「アデライン姉様！」

「どうしたの？」

十四歳のジョナスは寄宿学校で生活していて、数日前から休暇で家に戻っていた。

今日は手持ちの中では一番上等なジャケットを着て、子供らしい細めのリボンタイを結んでいる。

そんな彼は、明らかに腹を立てた様子でアデラインに近づいてきた。

「またお母様に怒られたんだって？　僕よりも五つも上なんだからしっかりしてよ」

ケイティやリネットは、ジョナスの前でアデラインにあからさまな嫌がらせをすることはない。

彼はいつもどんなやり取りでアデラインが罰を受けるに至ったかを母や同母の姉から聞き、それならば仕方がないと思っているようだ。

今、地味なドレスを着て使用人の真似事をしているのも、帰省したときに限ってたまたま異母姉が罰を受けている最中だっただけという認識でいる。

「……え、えぇ」

適当な返事が気に入らないのか、ジョナスはアデラインをキッとにらんだ。

「僕も来年には社交の場に出るかもしれないんだ。そのときに、引きこもりの姉がいるなんて恥ずかしいよ！」

ジョナスの言葉に悪意はない。義父と同じく彼はなにも知らず、だからこそただ異母姉に改心してほしいだけなのだ。

「……ジョナス、あのね……」

「なに？　姉様」

母がどうしてアデラインを邪険にするのかちゃんと理解しているリネットとは違い、幼さの残るジョナスは母が公明正大な人間だと心から信じ切っている。

（もう少し客観的に物事を見られる目を養ったほうが……）

そう諭《さと》すべきなのだろうかとアデラインは考えた。

（きっと無駄ね。とうの昔に大人になっているお義父様ですら、見たいものしか目に入らないのだから）

ほんの数日帰ってきただけでも、真相を知るきっかけはあるはずなのだ。

例えば、なぜアデラインの手が料理人よりも荒れているのかとか、一人しかいないメイドが怠惰なのに清掃が行き届いているのはおかしいとか……。

ジョナスが母親の言葉を信じているのは、そうしないと自分の中の正義が揺らいでしまうからに違いない。

自分を愛《いつく》しんでいる母親が姉を虐げていると考えるよりも、姉がどうしようもない人間だからいつも罰を受けていると思い込むほうが楽なのだ。

ハリソンは無関心から、ジョナスは母への信頼から――それぞれ不都合なものを無意識で見ないようにしている。

「……もうすぐ、皇太子殿下がいらっしゃる時間だから、あとで話すわ」

アデラインはそれだけ言って、行く手を阻むように立っていたジョナスを避けて歩き出す。

「アデライン姉様はいつも逃げてばかりだ！」

振り向くと、真っ赤な顔のジョナスがこれまでにないくらい激しい怒りを露《あら》わにしていた。

「そうかも……ね……」

ケイティとリネットに抗《あらが》うことを諦めたという部分が「逃げ」ならば、彼の言うとおりだった。

約束の時間が迫っているのは本当だから、ジョナスもそれ以上アデラインを追及するような真似《まね》はしない。

そのまま二人、わずかに距離を取りながらエントランスへと向かう。

リネットたちもそこにいて、外の気配《しき》を頻りに気にしていた。

やがて、伯爵邸の前に黒塗りの馬車が停《と》まる。しばらくすると皇太子と護衛、側近らしき紳士が降りてきた。三人とも比較的地味な出《い》で立《た》ちなのは、おそらくこの訪問が公式なものではないからだ。

伯爵家の一同はサッと低頭し、高貴な人物への敬意を表す。

「ようこそお越しくださいました」

ケイティが代表し挨拶を済ませてから、すぐさま皇太子一行を応接室へと案内する。

皇太子――ランドン・アルフ・デリンガムは亜麻色の髪のスラリとした印象の青年だった。少し目尻が下がり気味だが絵姿どおり整った容姿の人だ。

入室するなりすぐソファにどっしりと腰を下ろし、二人の青年を背後にひかえさせている様子から皇族の威厳のようなものが感じられた。

現在二十七歳ということだったが、実年齢より何歳か上に見えた。

彼の父親である皇帝が、ここのところ体調を崩しがちで譲位間近だという噂《うわさ》もある。皇太子が公務を代行する機会が多く、実質的にはデリンガム帝国の最高権力者と言える存在だ。

そんな皇太子が手を前に出し、伯爵家の一同に座るようにと促す。

自己紹介のみを終えると、大人だけの込み入った話になるという予想でジョナスが退室し、ケイティとリネットが腰を下ろした。

もちろんアデラインは座らない。地味なドレスの上にしみのないエプロンを身につけ、メイドとしてこの場に残る。

音を立てないように注意しながら紅茶をいれる。三人の前にカップが置かれたところで、皇太子が口を開いた。

「急な訪問となり、すまないな」

皇太子の言葉を受けて、ケイティが答える。

「ヴァルマス伯爵家は殿下のご到着を心待ちにしておりました。誠に残念ですが当主ハリソンが領地の視察中でございまして。……ご挨拶が叶《かな》わず、申し訳ございません」

リネットの縁談が決まるかもしれないため、昨日のうちに早馬を手配し、ハリソンに知らせを出してはいるが、どれだけ急いでも彼が都にたどり着くのは一週間後だ。

「昨日の今日で帰ってこられるはずもない。こちらが急かして《せ》しまったのだから気にせずに」

「殿下の温情に感謝申し上げます」

皇太子が紅茶を一口、二口飲んでからカップをテーブルの上に戻した。

「うん……。なかなかいい茶葉を使っているな。使用人にもどこか気品がある。上品な仕草は一朝一夕では身につかないものだ」

給仕のために残っていたアデラインをじっと見つめながら、皇太子はそんな感想をこぼした。

褒められたアデラインだが、少しも嬉《うれ》しくはなかった。

皇太子は伯爵家のもてなしに対して、満足していると言いたいだけかもしれないが、リネットが不機嫌になる言葉だったからだ。

「めっそうもございません。オホホホホ」

ケイティの口元がわずかに引きつっていた。

「今は天災のせいで苦労されているようだな。だが、ヴァルマス伯爵家は建国の頃からある名家だ。皇族と縁続きになるのになんの問題もない。……だから、謙遜はよしてくれ」

機嫌のよさそうな皇太子が、はっきりと「皇族と縁続きになる」と口にした。

「……では、縁談というのは……！　私の……」

リネットの表情がパッと明るくなっていった。やはり皇太子が婚約者をリネットに変更するという話だったのだろうか。

(でもおかしいわ。どうして皇太子殿下はリネットのほうを見ていらっしゃらないの？)

無視をしているわけではないけれど、皇太子はおもにケイティを交渉相手として定めているようだった。

到底、高位貴族の令嬢との縁を捨ててまで求婚しに来た者の表情ではない。

「うむ……。今回私が勧めるのは、ヴァルマス伯爵家の長女アデライン嬢と我が弟フレデリック・レイ・デリンガムとの縁談だ。もちろん了承してくれると信じているよ」

皇太子はニヤリ、と口の端を持ち上げる。

彼の言葉を聞いて、ヴァルマス伯爵家の三人が同時に言葉を失う。この縁談が良縁ではないことを皆が一瞬で理解したからだ。

皇太子が再びカップを手にしたときに鳴ったわずかな音が、静かな応接室に響いた。

「不満かな？」

早く返事をしろ、という催促だ。

「……長女のアデラインと……第二皇子フレデリック殿下……で、ご……ございますか？　お……驚きのあまり……」

ケイティの声は震えていた。隣に座るリネットは、やや下を向いて押し黙っている。

自分の名前が出ているというのに、アデラインにはまるで実感がなく、まだ傍観者の気分だった。

「ああ、そうだ。恥ずかしながら愚弟は悪評まみれなのだ。……伯爵夫人はご存じだろうか？」

「……噂程度には……」

「よいよい、そう言われてしまう原因が愚弟にあるのだから。〝残虐皇子〟というのだ。当然聞いているだろう？」

「はぁ……それは……ええ……」

残虐皇子の名と彼の所業は、社交界に出ていないアデラインも頻繁に耳にする。市井で暮らす子供たちすら、ごっこ遊びのときに悪役としてその名を使うことがあるくらい、よく知られている呼称だった。

第二皇子フレデリックは、一年ほど前に北の国境ラースの地で起こった隣国ウェストリアとの戦の際、自らの手柄を立てるために、皇太子率いる本隊を囮《おとり》にする策を執ったのだという。戦はかろうじて勝利し、最終的には国境は侵されなかったのだが、デリンガム帝国の兵士に多数の犠牲者を出す結果に終わった。

皇子でありながら将軍の地位にあるフレデリックは、隣国ウェストリアに対する牽制《けんせい》目的で、戦後もずっと北部に留《とど》まっているのだが、それは表向きの理由だ。

本当は、辛い勝利となった責任を取らされ、北の地に追いやられているらしい。

（まなざしは氷のよう……とか、仕える者が粗相をすると即座に切り捨てるとか……軍服は返り血で赤く染まっているとか……。その方と私が……結婚⁉）

とにかくとんでもなく評判の悪い人物だった。

アデラインは焦り、義母と異母妹に視線を送るが、二人には気づいてもらえない。

「我が愚弟と、〝百年に一人の悪女〟の縁談だ。どうだ？　似合いだと思わないか？　……フフッ、ハハハッ！」

わかりやすい侮蔑の意味が込められた笑いだった。

（百年に一人の悪女……って、なにかしら？）

初めて聞いた言葉だった。

話の流れから推測すると、それはどうやらアデラインを指す言葉らしい。

「……お、おそれながら……長女のアデラインは、尊き皇子殿下の妃《きさき》が務まるような者ではございません」

ケイティは額に汗をかき、顔色を悪くしていた。

リネットも夢からすっかり覚めたのだろう。皇太子に向けていた熱っぽい視線はどこかに消え失せて、ただ呆然《ぼうぜん》となっていた。

そのあいだも、大げさな身振りを交えた皇太子の熱弁は続く。

「だからいいのではないか！　醜い容姿ゆえに美しい異母妹に嫉妬し、暴力で虐《しいた》げる。おまけに怠惰で十代中頃には家が傾くほどの借金を作ったのだろう？　しかも趣味は男漁《あさ》りで毎晩寝室に連れ込んでいるとか」

そこまで言われているのに、アデラインはあからさまな動揺をせずにいられた。

これは義母の教育のたまものだろうか。

(私って、美しい異母妹に嫉妬する醜《みにく》い姉だったの？　おまけに怠惰で浪費家で……男漁り……？　知らなかったわ……)

確かに、リネットが華やかな顔立ちであるのに対し、アデラインは全体的に少々地味な印象かもしれない。

けれど不細工ではないはずだし、リネットとの扱いに差を感じて嘆きはするが、異母妹を虐げてなどいない。

むしろ真逆であるという認識でいた。

ほかにも男漁りなどできる暇もなく働いているし、どれ一つ、身に覚えのない話ばかりだ。

それでも、噂を流したのが誰かはわかるつもりだった。

「皇太子であるこの私が、愚弟とアデライン嬢が似合いだと認めているんだ。……意味は理解できるな？」

「も、もちろんでございます」

声を震わせながらケイティは答えた。

アデラインにも意味は察せられた。

皇太子はおそらく、第二皇子フレデリックへの嫌がらせとして、悪女との結婚を押し進めようとしているのだ。

この縁談は伯爵家になんの利益ももたらさないのではないだろうか。もしそうであっても、貴族として大した力を持っていない斜陽の伯爵家には絶対に断れない縁談だった。

「心配せずともよい。……今後、北の地でなにが起ころうが、それは愚弟とアデライン嬢の問題だ。ヴァルマス伯爵家に累が及ばないように取り計らうつもりなのだから」

だんだんと、アデライン にも自分が当事者という自覚が湧きはじめた。

皇太子は、本人がここにいないと思っているからこそ、堂々と残酷なことを言えるのだ。そう考えると、さすがに身体が震え出した。

すると、それに気がついたリネットと目が合った。彼女は無言のまま「絶対に正体を明かすな」と訴えている。

「どうかしたのか？」

リネットの挙動が気になったようで、皇太子が訝《いぶか》しげな顔をする。

「メイドがいつまで経《た》っても、紅茶のお代わりを注がないものですから注意しただけですわ。……どうか、お気になさらずに」

「ふむ、では話を続けるが……。この機会に私個人としてヴァルマス伯爵家とは良好な関係を築きたいと考えている。そなたたちに支援の用意がある」

皇太子が指先で輪っかを作り、提案に乗れば金品を支払うことをほのめかす。

アデラインに対して……ではなく、ヴァルマス伯爵家に対する配慮だ。

じつはハリソンが伯爵となった直後、ヴァルマス伯爵領は日照りと豪雨という極端な天候不良のせいで財政難に陥っていた。

そうだというのに、ケイティとリネットは高価な宝飾品を買い漁《あさ》っていて、破綻寸前なのだ。

支援という言葉を聞いた瞬間に、ケイティの目の色が変わる。

「ヴァルマス伯爵家は、喜んでアデラインを嫁がせましょう」

信じられないほど、彼女は急に元気になった。

（あぁ……私……ついに家族から見放されるのね……）

これは皇太子にとっては第二皇子の力を削《そ》ぐ良策であり、ヴァルマス伯爵家にとっても、いらない娘を処分できるうえに借金を減らせる絶好の機会——義母はそう捉えたのだ。

「ところで、噂のアデライン嬢はどちらに？　せっかく令嬢にぴったりな良縁を持ってきたのだから、直接会って話がしたいものだ」

すでに最悪な縁談がまとまってしまったタイミングで、皇太子がアデラインに会いたいと言い出したことにも悪意が感じられた。

「……申し訳ございません殿下。……まさか長女への縁談とは思いもよらず、不在でございます。恥ずかしながら、相変わらずふらふらと遊び歩いておりまして。それにあの者を皇太子殿下に拝謁させるわけにはまいりません。殿下のお目が穢《けが》れてしまいます」

ケイティがそう説明するあいだにも、リネットがこっそりにらんでアデラインを牽制してくる。

（これは、益々《ますます》名乗ってはいけないわ……）

「じつに残念だ。……しかしご家族がそこまで必死になるくらいの悪女か。それならば安心だな！」

皇太子が、悪女アデラインという珍獣を見物したいだけなのは明らかだ。

もしここでアデラインが使用人として働かされている件を皇太子に訴えたらどうなるだろう。

先ほど皇太子はアデラインの所作を褒めた。第二皇子フレデリックにふさわしくないと思い直してくれるかもしれない。

けれど、皇太子が善人でないことは、この数分間のやり取りでよく理解できた。

目当ての悪女がいないとわかったら、よくてヴァルマス伯爵家に対する興味を失うだけで済むだろうが、計画を台無しにした責任を負わされる可能性もある。

仮に伯爵家にお咎《とが》めがなくても、家の中でのアデラインの立場は益々悪くなるだろう。

（やっぱり……今は大人しくしておいたほうがいいわ……）

アデラインはいつもこうだった。

用意されている選択肢のどれを採っても幸せとはほど遠く、その中で一番被害が少ない道を進むしかない人生だ。

皇太子は話がまとまると、さっさと伯爵邸から去っていった。

残されたのは女性三人。ケイティは笑顔で、予想がはずれたリネットはぶすっとした顔のまま脚を組み、ソファでくつろぎはじめた。

「よかったわね！　アデライン。皇族の方との縁談なんて最高の栄誉だわ」

「ほーんとにね、お姉様。北の地に行ってもお元気で。……まぁ、相手がよりにもよって残虐皇子なのだから、無事ではいられないでしょうけれど。それがせめてもの救いだわ」

北の地に追いやられているフレデリックとの結婚でアデラインのさらなる不幸が確定しているから、リネットは八つ当たりをせずにいてくれるらしい。

（リネットの縁談ではなかったのに、私に対する仕置きはなさそう……。今日のところは運がいいわ）

それを幸運だと思ってしまうアデラインは、どれだけ不幸に慣れてしまったのだろうか。

◇　◇　◇

皇太子の訪問から数日後。アデラインは使用人らしい服装のまま街に来ていた。

アデラインはいつか伯爵邸を出てただの平民として暮らせたらと考え、こっそり自立資金を貯《た》めていたのだ。

これまでメイドとして買い物に行くついでに、刺繍《ししゅう》入りのハンカチや編んだレースなどを雑貨店に買い取ってもらっていた。

今日が最後の納品となるが、大作のテーブルランナーを持参している。

ついでに結婚と引っ越しの予定を告げると、雑貨店の店主はお祝い代わりにといつもより高めの値段をつけてくれた。

（結局自立は叶わなかったけれど、これまで貯めたお金はなにかの足しにできるかしら？）

挨拶を終えてから、アデラインは改めて残虐皇子フレデリックや自分自身の噂を聞いて回った。

残虐皇子の名についてはここ一年ほどよく耳にしていたのだが、アデラインはこれまで百年に一人の悪女の噂を知らずにいた。

これは残虐皇子が国民の関心事であるのに対し、アデラインの噂は貴族たちが好むゴシップという位置づけだったせいかもしれない。

アデラインのほうから雑貨店の店主に悪女の話題を振ると、「結婚が決まった十代の女の子がそんな話をするもんじゃない」と叱られてしまった。

どこぞの令嬢の金遣いが荒いなんていう話題は平民の生活には無関係で、昼間から好んで話す内容ではないらしい。

よく買い物をする青果店の女将《おかみ》も似たような意見だった。

ただし、皇太子まで本気にしているくらいなのだから、社交界では違った反応になるのだという予想もつく。改めて、自分とは無関係の世界で勝手に広まった悪評を、アデラインは気持ち悪く感じた。ましてやそのせいで人生が変わってしまったのだから。

（噂のすべては把握できないけれど、お義母様たちがどんな目的だったかはわかる）

異母妹のリネットが豪華なドレスをまとって社交界デビューを果たしているのに、同じく現伯爵の養女である姉が一切表に出てこないのはおかしいのだ。

まず疑われるのが、継母が義娘を虐げているという状況だ。

それを回避するために、ケイティやリネットは、社交の場で「アデラインはどうしようもない悪女」だと主張し続けたのだろう。

（せめて、病弱で引きこもっている……だったらよかったのに……）

きっともうどうにもならない。社交界デビューすらしていないアデラインには反論の場すら与えられていないのだから。

肩を落とし帰宅すると、腰に手をあて不機嫌なケイティが待ち構えていた。

「もうすぐ皇族に嫁ぐ身だというのに、街遊びをするなんて」

メイドとして、必要なものを買いに行くついでに雑貨店に立ち寄っただけだったが、義母に反論しても無駄だった。

「あなたがいないあいだに行商が帰ってしまったじゃない！　サイズが合わなくても知らないわよ。部屋に置いてあるから確認してちょうだい」

だ。

「え？　……は、はい」

アデラインはケイティに促され、屋敷の端にある私室へ向かった。

意外なことに、ケイティは嫁入りに必要なものをひととおり、行商を招いて購入していたのだ。

（派手なドレス、安物だけど大きな石のついたアクセサリー。……真っ赤な口紅に、薔薇《ばら》の香りが濃すぎる香水……かぁ……）

どうやらケイティは、餞別《せんべつ》としてではなくアデラインの悪女設定を守らせるために必要なものとしてこれらの品を用意してくれたらしい。

その日を境にメイド扱いは終わり、派手なドレス好きの令嬢として過ごすように強要された。

これは皇太子の使いが突然訪れる可能性を見越しての処置だった。

（お義母様たちは、いつか嘘が露見する可能性をあまり考えていないのかしら？）

アデラインが嫁いだらもうそれで終わりだと思っているみたいだった。

遠い北の地にいては都まで声は届かない。どうせ残虐皇子に冷遇され、悪女の噂の真偽など証明できなくなると予想しているのだ。

早く追い出したいケイティと皇太子の方針により、義父ハリソンが都に到着し必要な手続きを終えたらすぐに出立する手筈《てはず》となった。

そして縁談の打診から八日後。義娘の結婚という知らせを受け、ハリソンは急ぎタウンハンスまでやってきた。

アデラインは一応、この結婚をどうにか止められないか話をしてみたのだが、案の定冷たくあしらわれてしまった。

「今になって後悔するくらいなら、百年に一人の悪女だなんて不名誉なあだ名をつけられるような行動をしなければよかったんだ。もう伯爵家の力ではどうにもできない」

「お義父様までそんな噂を……」

「自業自得だと言っているんだ！」

義父はただ無関心なだけではなく、とうの昔にアデラインを見限っていたのだ。

ハリソンは、皇太子から疎まれている第二皇子に嫁ぐことが破滅に繋がると十分に理解しているようだった。

そして、それをアデラインの自業自得だとして切り捨てた。

「お義父様、社交界デビューすらさせてもらえなかった私を……都合のいいときだけ伯爵令嬢として扱うのですか？」

「それは……財政難もあり……おまえを社交界に送り出せなかったが、一番の原因は素行不良だろう！　責任転嫁は見苦しいぞ」

ケイティたちの妨害のせいで、これまで積極的に対話をしてこなかったのがこれほどの結果をもたらすなんてさすがに予想外だった。

きっとハリソンは、社交界で広まっているという悪女の噂を事実だと思い込んでいるのだ。

「私は、遊ぶことすら許されない……伯爵家のために働くだけの日々を送っていましたのに……そんな」

「ならば、そのドレスはなんだ？　豪華で新しいじゃないか。ここまでわかりやすい嘘をつくとは。……私は兄にどう詫《わ》びたらいいんだ」

無理矢理着せられたドレスが仇《あだ》となった。

ほぼすべての雑務をこなすオールワークスメイド状態だったアデラインの手は荒れ放題で、仕置きでは説明がつかないというのに、やはりハリソンには伝わらない。

それでもハリソンとまともに話せる機会も最後ということで、アデラインはいつもの萎縮から解放されていた。

「お義父様……。十九歳になっても社交界に出ていない私が、なぜ百年に一人の悪女と呼ばれているのか……噂を流せる者が誰だったか……客観的に考えてください。あなたの姪だった頃の私はそんな人間でしたか？」

社交界に出ていない娘がどのように過ごしているかという話を、いったい誰がどんな意図で漏らしたというのだろうか。

「い、いや……おまえは育ての親を嘘つき呼ばわりするのか？」

「親は……選べません」

「……なんだと！　恩知らずにもほどがある」

ハリソンにわかりやすい怒りをぶつけられても、もうどうでもよかった。

「亡きお父様のために言わせていただきますが、皇太子殿下からいただいた支援金なんて、散財癖のある方がこの屋敷に残っていたらすぐに消えてしまいますよ。……どうか私のお父様が愛した伯爵家をお守りください」

それだけ言って、アデラインは一方的に義父との話を打ち切って自室に引きこもった。

もう、アデラインにできるのは、北のラース領に向かい第二皇子フレデリックと可能な限り良好な関係を築くことだけだろう。

（……私の悪評がでたらめだからこそ、フレデリック殿下に偏見を持つのはやめなきゃ……。だって、市井で評判のいい皇太子殿下があんな卑怯《ひきょう》な人なんだもの）

慈悲深く博識で、いざ戦となれば大軍を率いる勇敢な人物――というのが皇太子の評判だった。けれど実際に会ってみると、弟の力を削ごうと嫌がらせみたいな結婚を強要するような人だ。

アデラインは、この都にいないフレデリックが残虐であるという噂を最初から信じ込むなんて愚かな真似はしないでおこうと誓った。

◇　◇　◇

まもなく、アデラインは北のラース領へと旅立った。

皇太子は弟の花嫁のために護衛と司祭、側仕えの女性、それから馬車などを用意してくれた。

彼らはアデラインの逃走を阻止する役割を与えられた監視役だった。

司祭が同行しているのは、皇族の婚姻には都にある中央教会所属の司祭の立ち会いが必要だからだ。

そして都からの随行者はすべて、アデラインをフレデリックに引き渡したのちに帰還予定だった。アデラインは知り合いが一人もいない土地で、これから暮らすのだ。

明らかに好意的ではない印象の随行者と、世間話をするでもなく旅は進む。

約一週間かけた旅の最終日。フレデリックの居城であるラース城砦《じょうさい》へ向かう前に、最後の宿場町で正装への着替えをすることになった。

「こちらは今日のために、皇太子殿下が贈ってくださったドレスでございます」

どこか怯《おび》えた様子の側仕えが真っ赤なドレスを手にして、着替えるようにと促してくる。

義母が持たせた安っぽいドレスとは違い、上質な絹の細かい刺繍が施された高価なものだ。

けれどこれまでになく派手で、アデラインの落ち着いた容姿にはまるで合っていない。

化粧もこれでもかと盛られたせいで、なんだかきつい顔立ちの道化のような印象だった。

「あなた様の妹君から、このようなお化粧がお好みだとうかがっております。……ご満足いただけましたか？」

「え……ええ……」

側仕えは、悪女の機嫌を損ねないように必死だった。

随行者たちに事情を説明して、それが皇太子に伝われば話がややこしくなると考えたアデラインは、旅の最中極力人との会話を避けていた。

だから彼女たちは、アデラインに対して第二皇子との結婚が嫌で拗《す》ねている悪女……という印象を抱いているはずだ。

その設定を変えないためにも、怯える側仕えがしてくれた濃い化粧を受け入れるしかない。

本来上がっても下がってもいない目のまわりにギュッと真っ黒なラインを引くと本当の悪女のようだった。

（この衣装とお化粧がフレデリック殿下に好かれるものとは到底思えないわ）

しかし、真っ赤なドレスの着用は皇太子の命令も同然だ。

アデラインに拒否権などないのだった。

身支度を終えるとすぐにラースの中心部へと向かう。

二時間ほど馬車に揺られ見えてきたのは、二重の無骨な壁に囲まれた城砦都市だった。

外側の城壁を越えるとラースの街があり、もう一つの城壁から先が目的地であるラース城砦だ。

（都とはなにもかもが違うけれど、思っていたより賑《にぎ》やかな場所なのね）

頑丈そうな石造りの家が立ち並ぶ風景を眺めながら、アデラインたちは城砦へと近づいた。

馬車を降りると目の前にはやたらと丈夫そうな扉がある。

ギーッと音を立ててゆっくりと開かれたその扉の先には、黒い軍服姿の一団が整列していた。

直立不動の軍人たちは無表情で、到底花嫁を歓迎する雰囲気ではなかった。

やがて城砦内から白い軍服をまとった青年が姿を現し、アデラインのほうへ歩いてきた。

（銀の髪、アイスブルーの瞳……冷たい印象だけれど、綺麗《きれい》な人……）

彼こそ、フレデリック・レイ・デリンガム……現在二十六歳の第二皇子に違いない。

二年ほど前に皇帝の直轄地だったラースの領主となり、北の国境地帯を治める将軍職にも就いている。スラリとして鋭利な印象の貴公子だが、服の上からでも鍛え上げられた体つきがよくわかる。

（結婚の前に、なんとしてでも私の置かれた状況を話さなければ）

司祭や護衛騎士、それから側仕えの女性が皇太子から使わされた者たちであることは重々承知だった。

だからアデラインはどうにかフレデリックと二人きりになって、これまでの事情をわかってもらい、できれば良好な関係を築きたいという希望を彼にだけ伝えなければならない。

まだ先入観に囚《とら》われていないはずの彼ならば、アデラインの言葉に耳を傾けてくれるだろうか……。そんな期待をしていた。

けれど、目が合った瞬間からフレデリックが向けてくる感情はあからさまな嫌悪だった。

「血のような赤い婚礼衣装。……なるほど、これが私にふさわしい花嫁というわけか……」

フレデリックは歓迎の挨拶をするでもなく、あきれたような笑みを浮かべた。

「……婚礼衣装？　おそれながら、それはどういう……」

この国で婚礼衣装といえば、純白が一般的だ。

政略結婚だと教会での儀式を行わず、証明書にサインだけをして結婚が成立する場合があるという。

たった十日程度の準備期間で婚礼衣装なんて用意するのは無理だから、アデラインはそうなる予想をしていた。

それなのになぜ、真っ赤なドレスが婚礼衣装だなんて言うのだろうか。

「随行者が明日にでも都へ戻るから、このまま婚礼を挙げるように……と勝手な手紙をよこしたのはそちらだろうに」

状況が呑《の》み込《こ》めないアデラインをフレデリックがじろりとにらむ。

そこに口を挟んだのは司祭だった。

「ホホホ……。私も護衛も、中央での職務がありますゆえ、なにとぞご容赦いただきたいものですな。ここは効率を重視いたしましょう。さあさあ、アデライン嬢もお早く」

司祭に促されるまま、状況はどんどんと変わっていく。

すぐに城砦内にある礼拝堂で婚姻の儀式が始まった。

到着から一時間にも満たないあいだに、ここにもアデラインの味方は一人もいないのだと思い知らされていく。

（あぁ……説明する機会すら、いただけなかった……）

誰かと結ばれるための儀式の最中だというのに、アデラインの心は孤独に支配され、ぼんやりとした心地になった。このまま空気にとけて、どこかに消えてしまいたい……そう思った。

「──アデライン。アデライン・ヴァルマス伯爵令嬢！　誓いの言葉を」

動揺のあまり、アデラインは司祭の言葉を聞き逃していた。

「ち、誓います……」

思わず声が震えた。こんなに少しの希望もない婚礼などあっていいのだろうか。

「それでは口づけを……」

フレデリックがアデラインのほうへ向き直った。

「震えているな。そんなに残虐皇子が恐ろしいのか？」

「……違、いま……す……」

残虐皇子という異名が怖いわけではない。

ただ、彼はアデラインに好意的ではないし、冷たい視線を向けてくる。それを恐ろしいと思わない女性がいるのだろうか。

「どうせ逃げられない。……互いに諦めが肝心だ」

ハァ、というため息をついてからフレデリックがアデラインの細い腰を引き寄せ、そのまま唇を奪った。

（私、初めてだったのに……）

ただ唇同士があたっただけで、そこにはなんの感情も伴わない。アデラインのファーストキスは純粋な義務としてあっさり終わってしまった。

最後に司祭が用意した結婚証明書にサインをする。

「次は初夜の儀か……まぁ、少しくらい早くても問題ないな」

初夜という言葉にアデラインはまた動揺した。こんなにも心が伴わない、他人の思惑のみで結ばれた婚姻なのだから、白い結婚でもいいはずだ。

「こちらに来い、花嫁殿」

フレデリックはそう言って、アデラインの手首のあたりを掴《つか》み礼拝堂から連れ出す。

向かったのは当然、寝室だ。

清潔に整えられ、甘い花の香りがする寝室で、花婿の表情だけは甘さとは無縁だった。

第二章　君が悪女じゃないなんて

目的の場所にたどり着くやいなや、フレデリックはアデラインの肩を押し、ベッドの上に座るようにと促した。強い力ではなかったけれど、皇族には逆らえず、アデラインは命じられたとおりにするほかなかった。

フレデリックは白を基調とした軍服のマントや上着を脱ぐと、シャツのボタンをいくつかはずし、くつろいだ服装になる。

よく見れば、彼の軍服には煌《きら》びやかな装飾が施されていて、ほかの軍人のものとは色もデザインも違っていた。おそらく、軍人としての礼装なのだろう。

到着したらそのまま婚礼の儀式をすると指定してきたのは花嫁側で、フレデリックは準備をして待ち構えていたのだ。

それなのに、花嫁が派手な赤いドレスで現れたのだとしたら、彼の憤りは当然だった。

「あ……あの、殿下……。お待ちください。少し、話を……！」

アデラインは焦っていた。甘い香りのする寝室で行う初夜の儀というのは、身体を繋げる行為であるとさすがにわかっている。

結婚からは逃れられないと理解しているけれど、誤解されたまま純潔を失うのは恐ろしかった。やや手遅れかもしれないが、今が事情を説明する最後の機会だ。

非常識な日程もドレスも、アデラインの希望ではなかったと、はっきり伝えなければならないと強く感じた。

「説明を受けていると思うが、皇族の結婚は初夜の儀をもって正式に承認される。……古くさい風習だが、続き部屋には見届け人の司祭殿が待機しているからそのつもりで」

フレデリックが視線をやった方向には開け放たれたままの扉があった。

薄い紗《しゃ》の布で目隠しがされているが、続き部屋からは確かに人の気配がする。

「司祭様が？　嘘ですよね⁉」

アデラインは驚き、声を荒らげていた。

古くさい風習と彼は言う。アデラインも、今よりももっと処女性を重んじていた昔にそういう風習があったという話をどこかで聞いたことはあった。

けれど、皇族の婚姻に限って時代遅れとしか言えないものが残っているなんて予想もできなかった。

「なんだ、知らなかったのか。これでも二世代前くらいから少しはましになったらしいぞ。以前は大勢の見届け人が行為を直接眺めたそうだ」

「……そんな」

「兄上から勧められたありがたい婚姻だ。……不本意だなんて思わないことだな」

その言葉でアデラインはハッとなる。

フレデリックの口調からは、彼こそ不本意なのだと伝わってきた。第二皇子ですら、皇太子の命に逆らえないのだ。もしここでアデラインが拒み、初夜の儀式から逃れられたとしても、二人とも皇太子の不興を買うだけだ。

そしてアデラインには帰れる場所も、帰りたいと思える場所もない。

(だめ……今は、なにも話せない)

司祭が聞き耳を立て、正しく交わったかを確認しているのだ。皇太子に露見したらまずい事実がこの場で明るみに出るのは避けるべきだ。

(私……。悪女を演じないといけないの？　……でも、閨事に慣れている女性がどういうものかぜんぜんわからない)

皇太子が望む、第二皇子の理想的な花嫁はどうしようもない悪女だ。

今はその設定からはずれず、じつは処女である事実も隠したほうがいい。けれど、閨事について知っているのは、男性器を女性の体内に差し込む行為であるということくらいだ。

うまく演じられる自信は、少しもなかった。

「どうせ慣れているだろうが、たとえ悪女に対してでも女を嬲《なぶ》って喜ぶ趣味はない。……ちゃんと前戯はしてやる」

「……ぜん、ぎ？」

答えがないまま、フレデリックは真っ赤なドレスを乱しはじめた。

背中の紐《ひも》がゆるめられ、あっという間に鎖骨、そして胸が露わになる。

（なに？　……恥ずかしい。……隠したい……。でも、そうしていいのかわからない）

アデラインはじっとしたままで、素肌を隠すために動かしたくなる手にギュッと力を込めた。

たくましい手がアデラインの肌に直接触れた。鎖骨を辿《たど》り、胸の膨らみを包み込むようにして撫《な》でている。

頂《いただき》がこすられると、なんだかくすぐったくて身悶《みもだ》えた。

無意識に息をするのを忘れ、そのせいで苦しくなってしまう。

「う……うぅ……」

アデラインの細い指先とはなにもかもが違う。

フレデリックの容姿は鋭利で美しいのに、手はやたらとゴツゴツしている。そんなものが一際繊細で柔らかい胸のあたりに執拗《しつよう》に触れるものだから、思わず声が漏れた。

（どうしたらいいの？　声……我慢できない……経験豊富な悪女なら、こんなふうにされてもじっとしていられるの？）

なにが普通かを確認したくても、たずねる相手がいないのだ。

混乱している隙を狙って、フレデリックが覆《おお》い被《かぶ》さってきた。そして、逃げ場所を探しているうちにベッドに寝転がる体勢となる。

「……ぁっ！」

ドレスの裾がたくし上げられて太ももが露出してしまう。

膝から内股のほうをまさぐられる。そこも胸と同じくらい敏感で、アデラインはもじもじと脚を擦り合わせて必死に耐える。

ただ触れられているだけなのに、肌が上気し、だんだんと息が上がっているのを感じた。

「酒樽《さかだる》のような体型だと聞いていたが……。見た目は……普通、というかむしろ整っているじゃないか。なぜ異母妹に嫉妬して虐げたのか理解に苦しむ……」

「私は……嫉妬など……」

余裕がないせいで、つい本音が出てしまった。

アデラインは今、きちんとした悪女であるべきだというのに、やはりうまくはできない。

「まぁいい。互いに不本意でも、すまないがこの結婚は拒絶するわけにはいかない……諦めて、せめて大人しくしていることだな」

諦めろと彼は言うが、それは彼自身に言い聞かせているみたいだった。

「んんっ！」

ドロワーズが引きずり下ろされる。中途半端に乱されたドレスのせいで身動きが取りづらい。

膝のあたりが押さえ込まれ、脚を閉じることすら許されなかった。

「や……やだぁ……そこ……」

「本当に……ここも……見た目だけは慎《つつ》ましいんだな。だが、恥じらう演技などいらない。ただ面倒なだけだ」

恥じらいは、抑えようとしても勝手に生まれてくる感情だった。

それをやめろと言われてもアデラインにはどうすることもできない。今日初めて会った男性の前で大きく脚を開いて秘部をさらけ出すなんて、どれだけの経験を積んだら平気になれるのだろうか。涙目になりながら、どうにか脚を閉じないようにするのがようやくだった。

フレデリックは自分の指を二本口に入れる。唾液をまぶしてから引き抜いて、その指をアデラインの花園に滑り込ませた。

「ひっ、んん」

ぬるりとした感覚のあと、すぐに圧迫感が押し寄せてくる。

「あっ、あぁ……！　い……いやぁ……」

自分でも触れたことすらない身体の奥に異物が入り込んでくる。

クチュ、クチュ、と音が響くのはそのあたりがわずかに濡《ぬ》れているからだ。指が小刻みに動き、アデラインの繊細な場所を押し広げていく。

「あ、あぁっ！」

身体の中にはとくに敏感な部分があるみたいだった。軽く撫でられただけでビクリと反応してしまう。

するとフレデリックはそこばかり執拗に触れてくるようになった。

「ここが弱いのか……。奥からどんどんいやらしい蜜があふれてくる。それに……狭いな……」

「う、ぁっ。……ん、んん」

最初は彼の唾液で濡れていたはずだった。その水音がどんどん大きくなっていく。

フレデリックが言うには、アデライン自身が蜜をこぼしているというけれど、そんな自覚はない。いやらしい、というのは褒め言葉ではなかった。

「抜いて……指……嫌っ」

なにかいけないことをしているみたいだった。不安になったアデラインは身をよじり、どうにか指の侵入を拒もうとした。

「……あ、あぁっ！」

フレデリックから逃れられたのは一瞬だけだった。太ももが押さえ込まれ、節のある指が一本だけ再び入り込んでくる。今度はそれだけではなく、同時に花園の上のほうを親指でこすられた。

「ひっ！　あああぁぁっ」

一瞬、視界が真っ白になる。今まで得た経験がない激流のような感覚が、アデラインに襲いかかった。

「……中よりこっちがいいみたいだな？」

「だ……だめです！　そこ……絶対に、だめ……さわらないで……お願い、です」

自分が経験豊富な悪女を演じなければならないことも、彼が皇族だということも、気にする余裕なんてどこにもなかった。

ビリビリとしたなにかがそこから生まれ、全身を駆け巡る。気持ちいいのか、苦しいのかさえもわからない。ドッと汗が噴き出すのと同時に、身体の奥から蜜があふれてくるのが自分でもはっきり感じ取れた。

（……な、なに……？　身体が浮き上がりそう……やだ、知らない……助けて……）

親身になって救ってくれる者など一人としてここにはいない。誰にも助けを求められないまま、アデラインはただフレデリックに翻弄され続ける。

「ほら、淫芽が硬くなって……。花嫁殿は欲しがりだな」

「んんっ、あぁ……あ、あぁ……」

フレデリックの触れている場所――淫芽は、彼が刺激を与えるたびに芯を持ち、益々敏感になってしまう。

軽く指の腹で潰されるだけで、お腹《なか》の奥が熱くなってどうしようもなかった。

すぐにやめてほしい、楽になりたいと思う一方で、このまま続けられたらなにかが起こる予感もしていた。

先ほど会ったばかりの男性に弄《もてあそ》ばれ、気づけば指がもたらすふわふわとした心地をもっと拾おうとしてしまうアデラインは、やはり淫らな悪女なのだろうか。

「あぁっ、はぁ……はぁ……ん！」

「内股までこんなに濡らしているじゃないか……。もういいだろう」

フレデリックは指を引き抜くと、シャツを脱ぎベッドの下に落とした。

男性らしいおうとつのあるしなやかな上半身が露わになる。異性の裸体などほとんど見たことがなかったため、アデラインは目のやり場に困ってしまった。

そのうちにくつろげたトラウザーズから、なにか棒のようなものが取り出される。

「……？」

初めて男性器を見たアデラインは言葉を失った。それは上を向いていて、触れなくてもわかるくらい硬そうで……到底、女性の中に収まるような代物ではない。……凶器だった。

フレデリックは潤った花園の中心部分にそれをあてがい、抵抗する間も与えずに一気に貫いた。

「あ、あぁっ！　あぁぁぁ」

隘路《あいろ》が無理矢理開かれていく。

「……力を抜けっ、なんて締めつけだ……」

眉間にしわを寄せ、苦しげに吐息を漏らしながらも、彼は決して腰を引いてはくれなかった。

引き裂かれるような痛みと、これからどうなってしまうのかわからない恐怖に苛《さいな》まれ、アデラインの目からは大粒の涙がこぼれた。

「……ま、待って……ください。乱暴にしないで……痛い、痛いの……」

受け入れる痛みそのものは耐えられないほどではないのかもしれない。けれどたくましい熱杭がわずかに動くたび、柔い内壁が引きつって、壊れてしまいそうな不安に襲われた。

「痛がるようにと教わったのか？　皇族は花嫁の純潔を重んじるが……今回に限っては皆が了解している。……処女のふりは冷めるからやめろ」

フレデリックはそう言いながらも、ゆっくりと男根を引き抜いてくれた。

気遣ってくれているのかも……などという考えは浅はかで、凶器のようなそれはまたすぐに奥に入り込んでくる。

進めては退くという動きが何度も繰り返される。アデラインが男根がもたらす感覚に慣れることなどなかった。

「ひっ！　……あぁっ、あ……ひっく」

「……締めつけるな、って言って――!?」

突然、フレデリックの動きが止まる。

そっと様子をうかがうと、結合部の付近を凝視したまま固まっていた。

「……殿、下?」

「これは……どういう……」

フレデリックは一瞬、紗で隔てられている続き部屋のあたりを気にする素振りを見せる。

それから体勢を低くしてアデラインの耳元に唇を近づけた。

繋がったままの部分は、動かずにいてくれたらさほど痛まない。けれど、耳に吐息がかかるとアデラインのほうがじっとしていられなかった。

「ふっ。……ふぅ……んんっ」

「こそばゆくても我慢しろ。声を出さず、頷いて……質問に答えるんだ」

なぜ急にそんなことを言い出したのかわからなかったが、アデラインは命じられたとおりにコクンと頷いた。

「君は本物のアデライン・ヴァルマスか?」

「んんっ」

彼がこんな距離で話しかけてくるのは、隣室に聞こえないようにという配慮だとこのとき察した。くぐもった声を漏らしながら、アデラインはまた頷き、答えた。

「……悪女でふしだらな女という噂は本当か?」

寝そべったままの体勢では動かしづらいが、アデラインは大きく首を横に振った。

「清らかな身体……処女なのか？」

この質問には勢いよく頷く。ようやく大事なことを伝えられた気がした。

「残虐皇子が……私が怖いか……？」

どこか悲しげな声が気になって、即答できない。アデラインは迷いながらも怖くないと伝えた。

すると、アデラインを苦しめていた熱杭がズルリと引き抜かれていく。

「……あぁっ！」

声に出すなと言われていたのに、予告のない刺激に驚いて思わず悲鳴が上がる。

アデラインは慌てて口元を押さえた。ようやく身体を苛んでいた凶器から解放されると、安堵《あんど》からか身体が小刻みに震え出す。

先ほどフレデリックのことを怖くないと言ったが、それはただの強がりだ。

知らない男の人――しかも明らかに力では敵《かな》わないとわかる相手に組み敷かれたら、当然恐怖心はある。

閨事も痛いし、怖かった。

ただ、彼が「残虐皇子が」と問いかけてきたから、それは少し違うと思っただけだった。

「痛みはもう与えない……。ただ、君には演技する余裕などないだろうから……悪いが、このまま触れさせてもらう」

一際耳の近くでささやかれた。吐息だけではなく、舌が耳たぶに触れている。

「んっ、んっ！」

会話をするときにたまたまあたってしまったという状況ではない。彼はアデラインを翻弄するためにわざと舐《な》めたのだ。

「はぁっ。……でも声が……っ、あぁ」

先ほどから、フレデリックは隣室に届かないようにささやいているが、アデラインのほうにはそんな余裕がなかった。

しゃべるな、と言われても言葉ですらない悲鳴や吐息がどうしても音になってしまう。

「それは我慢しなくていい。感じていることを隠す必要はない」

どこまでがだめで、どこまで許されているのか、アデラインが理解するより早く行為が再開された。まずはグシャグシャになったドレスが強引に剝《は》ぎ取られる。

裸体を隠す間も与えられず、フレデリックは身体を進めてくる。彼に阻まれると、脚を閉じることすらできない。

ドレスがある程度素肌を隠してくれていたときとは、段違いの羞恥心がアデラインを苦しめた。

「見ない、で……ください……」

懇願しても、彼はやめてくれなかった。

「ここは感じられるはずだから……少し触れるぞ」

そう言ってから、彼は慎ましい花園に手を伸ばし、淫芽を軽く弾いた。

「あ、あああっ！　そこ……だめなんです。弱いからっ！」

必死に首を横に振るが、フレデリックが手技をやめる素振りはなかった。

ニヤリと口の端を吊《つ》り上げて、アデラインが反応した部分に何度も触れてくる。

強い力ではないのに、軽く弾かれるのも、指の腹でこすられるのも……摘まれるのもだめだった。

どんな触れ方をされても、瞼《まぶた》の裏がチカチカして、妙な感覚がお腹の中に溜《た》まっていく。

それがもうすぐ限界を迎える気がしていた。

「来ちゃう……なにか……込み上げて……。お願い、です……もう……」

知らないものはすべて怖い。どうして軽く触れられているだけで、涙と汗がにじみ、声が抑えられないのだろうか。

アデラインは自分の身体が自分のものではなくなっていくのを感じていた。

「遠慮せず達《い》けばいい。淫らな花嫁殿……ほら……」

「ひっ、あああっ！」

グッ、と淫芽が押し潰された瞬間、アデラインの中でなにかが弾けた。

これは快楽なのだろうか。一度味わったら、もう戻れなくなりそうな……そんな激流が全身を駆け抜けた。

シーツをギュッと掴み、足先に力を込めても流されそうで、自分ではなにもできない。

「あぁ……こんなの……だめぇ！　おかしくなる……」

汗と涙、そして身体の奥から蜜があふれ出してくるのがわかった。

アデラインはおそらく、快楽と思われるこの感覚を喜んでいるのだ。

「はぁ……っ、はぁ……あぁ！」

絶頂の余韻が落ち着いてくると、途端に身体に力が入らなくなる。

とにかく大きく息を吸って、荒い呼吸を整えていく。

「こんなに感じて……さすがは百年に一人の悪女だな……。ほらもっとできるだろう？」

フレデリックはわざと大きな声でアデラインの痴態を咎めた。

（司祭様に聞かせるため……？）

そんな予想に至った瞬間、アデラインは続き部屋の司祭の存在を強く意識した。

大した知識がなくても、自分が今、情欲に支配されつつあるという自覚だけはあった。

快楽を得て漏れ出る嬌声《きょうせい》を、あの司祭に聞かれているのだ。

（嫌……恥ずかしい……人に聞かれるなんて……）

皇族とはそういうものだと説明を受けていても、心は受け入れていない。

アデラインは声を抑えたくて身をよじり、うつ伏せになって枕に顔を埋めた。

「すまない。……さっき言ったように、痛みは与えないから……」

今度は耳に息を吹きかけながらの小声だった。こちらがフレデリックが本当に伝えたいことだとわかる。

「んっ！」

フレデリックが腰骨のあたりを掴んで持ち上げる。自然と四つん這《ば》いの姿勢となったアデラインの花園に明らかに指よりも太いものが押し当てられた。

「んーーっ！　んっ」

痛みは与えないとフレデリックは言っていたが、彼は今、再びアデラインの内側を侵そうとしているのではないのだろうか。

そんな予想に反して、勇ましい男根は奥には入り込まず、蜜を擦りつけるような動きを繰り返すだけだった。

「あ！　あぁっ。……殿下、だめなところ……さわらないで……」

思わず顔を上げ、叫んでいた。

先ほど絶頂を迎えたせいで、淫芽が充血し、些細《ささい》な刺激でも再びあの妙な感覚が再燃しそうなのだ。

「よいところ……の間違いだろう。淫らな花嫁殿は後ろ向きで交わるのがお好みか？　……これではまるで、獣の交尾だ……」

また、司祭に聞かせるための言葉だった。

けれど、今の言葉は嘘ではない。アデラインが快楽を得てしまっているのも、獣の交尾と同じ体勢なのも本当だった。

（あぁ……私、本当にふしだらな……女だったの……？）

そう自覚すると、このまますべてを認めて堕《お》ちてしまえばいい気がしてきた。

フレデリックが両方の太ももを押さえ、きつく閉じておくようにと促してくる。そうしたら股のあいだでうごめくものをよりはっきりと感じられるのだ。

男根の先端は膨らんでいて、その部分が淫芽をかすめるのがたまらない。

アデラインは無意識に腰を揺らして、さらに心地よくなれる場所を探してしまっていた。

「……気持ちいい、また……大きいのが、あたって……あぁっ！」

荒い呼吸が鳴り響く。

激しく腰を打ち付けるたびにパン、パン、と肌がぶつかる音がする。そういう部分もすべて、第三者に聞かれているというのに、もう隠す余裕もなかった。

「だめ、止まってください。……あ、変になる……うぅ、あっ」

二度目の絶頂が間近に迫っている。

またあの波が訪れたら、アデラインは意識を失わずにいられるだろうか。そう思うと怖かった。

「まだだ……っ、私は果てていない」

フレデリックの息も上がっていた。

ゆるめてくれるどころか、いっそう激しくアデラインを翻弄しはじめる。

「……だめ！　だめ……っ！　気持ちいい、のが……あぁっ！」

ふわっと身体が浮き上がるような気がしたあと、視界が真っ白に染まる。

「私も……っ」

アデラインが果てた直後、フレデリックが低いうめき声を上げた。

臀部《でんぶ》になにか熱いものがかけられたのが伝わってくる。きっと彼が吐精したのだ。

アデラインは、この感覚に身を委ねること以外なにもしたくない……なにも考えたくないと思うようになっていく。

膝に力が入らなくなり、そのままベッドに横たわる。

疲労のせいかビクビクと脚が震えて、もう動けそうになかった。

フレデリックはあらかじめ用意していたガウンをアデラインに着せると、一旦ソファまで運んだ。

誰かに抱かれて移動という状況は、普段のアデラインなら驚いて抵抗していたかもしれない。

けれどまだどこか夢を見ているようにぼんやりとしていて、そのせいでされるがままを受け入れていた。

フレデリックがベッドにもう一度近づき、勢いよくシーツを引き剥《は》がす。

彼が手にしたシーツの中央には、わずかな血が付着していた。

（……純潔の証？）

多少の出血があることに気がついて、彼はあのとき動きを止めてくれたのだ。

（え？　……なにを⁉）

フレデリックは突然、どこからかナイフを取り出して自分の手を傷つけた。

予想外の出来事を目の当たりにして、アデラインはようやく我に返る。

彼の目は「黙っていろ」と語っていた。

驚いて思わず声を上げてしまいそうになるアデラインを、彼はそうやって制す。

シーツの赤いしみを上書きするように、フレデリックは自らの血をポタポタとたらした。

「司祭殿！　初夜の儀の確認を」

よく通る声で、続き部屋にいる司祭を呼ぶ。

やがて紗が取り払われ、司祭が入ってきた。

「この者が生娘ではないことはどうせ皆が知っているのだから、血は適当につけておいた。それくらい許せよ、司祭殿」

フレデリックは手の怪我《けが》を司祭に見せつけながら、シーツを手渡す。

「……お二人の婚姻が末永く続くように、お祈り申し上げます」

仰々しいい態度でシーツを受け取ると、司祭はそう宣言した。

「司祭殿。儀式のすべてが終わったことだし、都からの随行者にはささやかな宴の席を用意している。部屋の外に待機している使用人に声をかけてくれ。……案内させる」

「殿下のお心遣い、痛み入ります」

司祭はすぐに寝室から立ち去った。続き部屋の先にある扉を抜け、廊下のほうに去って行く。その背中はどこか急いていて、宴が楽しみなのだと伝わってくる。

「ハァ……ようやく行ったか」

足音が聞こえなくなると、フレデリックはアデラインの隣にやってきてドンと腰を下ろした。

「あの」

「すまなかった。……まだ痛むか？　痛むなら軟膏《なんこう》を塗ってやるが」

アデラインは勢いよく首を横に振った。

「い……いえ！　だ、大丈夫です。それより殿下のお手当てをいたしましょう。道具はどこかにありますか？」

本当は、じくじくとした痛みはまだある。けれど我慢できないほどではないし、軟膏を塗ってやるという言葉が到底受け入れられなかった。

塗るということは患部を見られてしまうということだ。

「あぁ、そこのチェストに」

アデラインはパッと立ち上がり、彼が指し示したチェストの引き出しを開ける。

小箱に収められた道具を持ち出して、ひとまずフレデリックの手当てを始めた。この程度ならば、消毒のあと、当て布をして血が止まるまでのあいだだけ軽く包帯をしておけばいいだろう。

作業をしながら、アデラインは大人しく座って手当てを受けているフレデリックについて考えた。

残虐皇子などと言われているけれど、アデラインが生娘だったと知ってからは、酷《ひど》い行為はせずにいてくれた。

それに随分と冷静で理性的な人に思えた。

(殿下は初夜の儀を終えることで、皇太子殿下に逆らう意図はないと示そうとした……？　それから、私が悪女だと司祭様には誤解させたままのほうがいいと判断したの？)

アデライン自身も、司祭とその背後にいるであろう皇太子に、悪女ではない事実が露見したらまずい気がしていた。

だからこの地にたどり着いたときからずっと、フレデリックにだけ打ち明ける機会をうかがっていたのだ。

短い会話でおおよその状況を察して行動するフレデリックは、思慮深い人なのだろう。

「手際がいいな。ありがとう」

「いえ、殿下のお怪我は私のせいですから。こちらこそ感謝申し上げます」

サッと手当てを終え。道具を片づける。

すると、フレデリックがひとまず隣に座るように促してきた。

「失礼いたします、殿下」

アデラインが腰を下ろすと、フレデリックはわずかに姿勢を正した。

「君が悪女じゃないなんて知らなかった。改めて謝罪をさせてくれ。……すまない」

「い……いいえ！　隠していたのは私です。それなのにうまく演技ができなくて、ご迷惑をおかけいたしました」

「男としてあるまじき行為……しかも、君の身体を穢したことは取り返しがつかない。……だが、今はひとまず詳しい事情を教えてもらえないだろうか？　私も相当混乱している」

出迎えのときの冷たい印象からは想像もできないほど、フレデリックは紳士的だった。

とりあえずアデラインが悪女ではないと判断してくれているようだが、確かになぜこんな事態になったのかは説明が必要だった。

「は……はい。少し、長くなるのですが……」

そう切り出して、アデラインはこれまでの経緯を語った。

実父が亡くなってからの伯爵家の状況が少々複雑であること。義母と異母妹によって、出来の悪い娘にされてしまったこと。

義母と異母妹しか屋敷にいないときは常にメイドとして扱われ続け、社交界の噂など少しも知らなかったこと——などだ。

「なるほどな」

「……信じてくださるのですか？」

そう問いかけると、フレデリックは柔らかい笑みを浮かべてアデラインの手を取った。

指先の一本一本を確認するかのように、じっと見つめてくる。

「この手……貴族の令嬢らしくない、働く者の手だ。そのくせ立ち居振る舞いはきちんと教育を受けてきた者のそれでもある。君の話に矛盾はないと思う」

今の言葉は、令嬢らしくないと貶《けな》す意味とは少し違って聞こえた。

これまでの苦労を労《ねぎら》ってくれている。そう感じて、アデラインの胸がじんわりと熱くなった。

実父亡きあと、アデラインの話を信じてくれたのは彼が初めてかもしれない。

「最初に君の手を見ていれば、傷つけるような真似はしなかった……。醜くもない、男と交わった経験もない、怠惰でもないのは手当ての手際でわかった。……いくつかある噂のうちの少なくとも三つは嘘だ。私自身、悪意のある噂に悩まされているから、自分の目で見たものを信じたいと思うんだ」

彼の指先はアデライン以上に硬く、荒れていた。働く者というより剣を持つ者の手だ。

皮膚が厚く、傷だらけになるのを当たり前に受け入れ、努力を重ねてきた人の手だった。

その手の感触に彼の人柄を感じながら、悪意のある噂という言葉にアデラインは妙に納得していた。

「それでは、殿下の噂についてもお聞かせください」

「……君はどう思っているんだ？」

「残虐皇子の名は、市井でも広まっております。……先の戦で戦死者が多かったことも事実でしょう。ですが、自分の目で見たもの、感じたものを信じたいと願うのは私も同じです。……だからこそ、教えていただきたいのです」

「わかった」

それからフレデリックは皇太子との確執について語りはじめた。

皇太子ランドンと第二皇子フレデリックは同母の兄弟である。

けれど二人の関係は良好とは言い難《にく》い。

皇太子は疑《うたぐ》り深《ぶか》く、いつか弟が自分の立場を脅かす存在となることを警戒していた。

「最初はほんのわずかな違和感だったよ。……例えば私が学問で兄上よりいい成績を収めると、『皇位を狙っているのか？』なんて言い出しはじめたんだ。一応、対立しないように努力はしてきたつもりだが、兄上にとって私はいつも脅威なのだろうな」

フレデリックが軍人になったのは、できるだけ政から離れ、将来皇帝の臣としての役割をまっとうしたいと考えてのことだった。

けれどそれだけでは兄弟の仲が改善するにはほど遠い。

皇太子は、弟が文武どちらで目立ってもとにかく気に入らないし、常に謀反を疑っている。

フレデリックにも皇子としてのプライドがあり、自分の能力を国のために使わずにあえて愚鈍な皇子を演じるなんていう真似はできなかった。

それでも、兄より先に婚約者を定めないなど、可能な限り政治的野心を見せないように過ごしてきたのだった。

「兄上が選《よ》り好《ごの》みをするから……私には青春を謳歌《おうか》する機会もなかったな」

皇太子は現在、二十七歳だ。すでに結婚間近の婚約者はいるのだが、デリンガム帝国の高貴な男性の平均的な婚姻年齢は二十四歳前後となっていて、跡継ぎが絶対に必要な皇族としては晩婚と言える。

そうなったのは、元々彼が隣国の王女と婚約していたからだ。

あちらの国が政情不安に陥り、穏便な破談まで持っていくのに時間がかかった。

皇太子は常に誰が一番の利益をもたらしてくれるのかを優先し、急速に衰退しつつある国外の王族よりも国内の有力者との繋がりを求めた。

そのとばっちりでフレデリックは恋愛すら自由にできなかったという。

「一年前の戦で、兄上は総大将の役割に就いたのだが……兄上には軍を指揮した経験も、能力もなかった」

「……つまり、象徴としての総大将というお役目だったのですね?」

「そうだ。兄上の下には将軍がいて……別部隊の指揮を私が担っていた。だが、兄上は戦においても自らの手柄と私の失敗という成果を欲していたんだろうな」

フレデリック率いる別部隊を活躍させずに、本隊だけでウェストリアを退けるというのが皇太子の目標だったらしい。

皇太子の下にいた将軍は、総大将の采配が間違っていたときに強く否定できる者でなければならなかった。

けれど将軍は、作戦の効率よりも皇太子のご機嫌取りに一生懸命だったようだ。

結果として、皇太子が指揮する本隊は窮地に陥った。

そして、作戦の失敗により戦線から退く際、皇太子は自分とその護衛部隊が通り過ぎたあとの橋を破壊するという暴挙に出てしまった。

多くの兵が逃げ場を失い、追い詰められていった。

その情報を聞きつけたフレデリックは取り残された兵を助けるために迂回《うかい》し、敵に奇襲攻撃を行った。

最終的に戦には勝ったが、多数の犠牲を出す結果となった。

「自分だけが手柄を得るために……味方の兵を囮にした……というような噂は、殿下の意図したものではなかったのですね?」

「私の認識ではそうなる。……そして、私が北の地に留まっているあいだに、兄上は事実をねじ曲げ広めた。あまりの評判の悪さに簡単には都へ帰還できなくなってしまったな……」

フレデリックは憤るというより、すでに諦めたという様子だった。

「皇帝陛下はどうお考えなのでしょうか？」

「陛下は体調があまりよくない。……おそらくは、近くにいる者の言葉を信じてしまわれるだろう」

フレデリックも皇帝の考えについてはよくわかっていないようだった。

なんとなく、関係の希薄さだけは伝わってきた。

「……私の噂とは違い、目撃者も多いはずです。それなのにどうして……？」

「私を支持する部下は、この地に留まったままだ。……兄上側の者たちは真相が明らかになれば処罰の対象だから、一致団結して口裏を合わせるのは当然だ」

「都には正直者はいないのですか？」

「一般の兵士はもちろん、軍の高官や一部の貴族も、兄上の失策を知っている。……ただ、未来の皇帝に恨まれるとわかっていて、真実を口にする者がいるだろうか？」

フレデリックの話にアデラインは共感を覚えた。

小さな屋敷の中で起こったことと、国を揺るがす戦の中で起こったことという差があるため、比較していいものではないかもしれないが、よく似ている気がした。

「……力のある人の言葉が、真実を創《つく》り上げてしまう……」

「そうだ。……君の言うとおりだ」

そう口にしたフレデリックの表情……真剣な瞳にはやはり偽りはない。

自分ではどうしようもない理不尽に晒《さら》された経験のある者にしかわからない気持ちを、二人は共有している気がした。

この人ならば、少なくとも行き場のない女性を、着の身着のまま追い出すような真似はしないと思えた。

「あの！　私はこれからどうしたらいいのでしょうか？　もし、許されるのならこのままこちらで働かせていただきたいのです」

アデラインは必死だった。

公平なフレデリックのおかげで、新天地では悪女から脱却できそうな希望が見えはじめている。

信頼を得るため、自分の居場所を確保するためには努力が必要だ。

「……は⁉　働く……？」

「申し訳ありませんが、行くあてがないのでなにかお仕事をいただけませんでしょうか？

……あ、もちろん書類上、殿下と夫婦になってしまっているのは忘れておりません」

少なくとも、皇太子側の監視があるうちは、アデラインは百年に一人の悪女を演じなければならないだろう。けれど、随行者たちは早く帰りたいようだし、その後もずっと最悪な花嫁を演じても誰も得をしない。

そんなアデラインには、なにができるだろうか。

「君は働き者……なのだな……」

フレデリックはなぜか驚いている。

「働かざる者食うべからず……当たり前のことです！」

フレデリックにとっては望まぬ婚姻で得た、いらない花嫁だ。だったら、仕事が必要だった。

「君は私の妻だ。今は兄の意にそむく気はない。……先のことは明日ゆっくり考えよう」

「そうですか……」

アデラインは少々がっかりしてしまう。

自分の居場所……なにか役割を与えられないと不安なのだ。

けれどフレデリックだって、まさか皇太子が送り込んできた悪女がなんの特徴もない平凡な娘だとは予想していなかったはずだから、今すぐ扱いを決めろと言われても難しいのだろう。

アデラインは引き下がるしかなかった。

「夕食がまだだな。……軽いものを持ってこさせよう。湯にも浸《つ》かりたいだろう？」

「はい。ですが……宴には顔を出さなくていいのですか？」

「出したいのか？」

「……いいえ」

「あの者たちも、私たちとの同席など望んでいないだろう。放っておけ」

フレデリックは立ち上がり、使用人を呼ぶために部屋を出た。

その日は軽く食事をしたあとに、湯に浸かり、フレデリックの隣で就寝することになった。

「初日から部屋を分けた……なんて知られたら、どんな難癖をつけられるかわからないからな」

そう言いながら、フレデリックは二人のあいだにどこからか調達してきた枕やクッションを敷き詰めて塀を築いた。

湯浴《ゆあ》みを終えた段階で部屋は薄暗く、アデラインはフレデリックの姿をはっきり見ることはなく、逆に見られることもなかった。

（よかった……。私の寝間着……とても恥ずかしいデザインのものしか用意してもらえなかったから）

ケイティとリネットが持たせてくれた寝間着は、百年に一人の悪女にふさわしいものだ。

黒や紫の透ける素材で、到底異性に見せられるような代物ではない。

アデラインはまったく似合っていない寝間着の上に念のためガウンを着たままの姿でベッドに横になった。

長旅や、初夜の儀式で疲れていたのだろう。今日会ったばかりの男性が、枕とクッションで築かれた塀の向こうにいるというのに、その日はぐっすり眠ってしまった。

◇　◇　◇

「アデライン様、お目覚めになられましたか？」

見知らぬ声に驚いて、アデラインは目を開けた。

「……え、ええっと。今、起きました！」

焦ってガバッと身を起こす。隣で眠っていたはずのフレデリックはいないし、窓から入り込む光の角度で、かなり寝坊してしまったのだと察した。

声をかけてくれたのは、メイドと思われる女性だ。茶色の髪をきっちりと結っていて、清潔感のある印象の人だった。

年齢はアデラインよりもいくつか年上かもしれない。

「私はポリーと申します。これからアデライン様のおそばに仕えさせていただきます。ご要望がございましたら、なんなりとお申し付けください」

ポリーはニコニコとほほえんでいて、アデラインへの悪意はないように思えた。

悪女の噂について、事前にフレデリックが説明してくれたのだろうか。

「はい！　……よろしくお願いします。……ところで殿下はどちらに？」

「殿下はアデライン様の随行者の方々をお見送りしたあと、執務をなさっているはずです」

見送りという言葉を聞いてアデラインは焦る。

「司祭様たちは、もう旅立たれたのですか？」

「日の出の直後に」

基本的に馬車での移動は日の出から日没までが望ましい。

日暮れ前により遠い宿場町にたどり着くためには、早朝の出立が当たり前だ。

「どうしましょう⁉　お見送りができませんでした」

とくに別れを惜しみたい相手ではないけれど、花嫁が失礼をしてしまっては、糾弾の材料にされかねない。

ここに来た早々の大失態にアデラインは肩を落とす。

「アデライン様をしばらく起こさないように……というのは殿下のご命令ですので、問題ありません。殿下曰《いわ》く、都からのお客様には怠惰な悪女と思わせておいて大丈夫。むしろ見送らないのが正しい対応……だそうです」

ポリーは片目をつぶって、少しおどけながらそう言った。

親しみやすい、愉快な人柄がうかがい知れるのと同時に、彼女がアデラインの事情をフレデリックから聞いていることがわかった。

「た……確かに……」

なにせアデラインは、最近自分が悪女だったと知ったばかりで、悪女の手本となる知人もいない。

だから、悪女らしい行動を取るのが難しいのだ。

「お疲れでしょうから、お食事は胃に優しいものをお持ちいたしました」

ポリーが示す方向に視線を動かすと、テーブルの上に食事が用意されているのが見えた。

スープからは湯気が立っていて、できたてだと伝わってくる。

まるで病人のような扱いだ。

だが、実際に立ち上がろうとすると、いろいろな場所に違和感があった。

おそらく昨日フレデリックに組み敷かれた……あの閨事のせいだろう。彼は政略結婚で結ばれた花嫁に対する扱いとしては、さほど酷い行為はしていないはずだ。

けれどアデラインのほうに覚悟や知識がなかったせいで、無駄に力んでしまい、節々が痛いのだ。

「ありがとうございます……ポリーさん……」

やや乱れたガウンの紐をキュッと引き締めてから、アデラインは食事の席についた。

「私に敬語は不要です。どうか、ポリーとお呼びください。それから朝食の内容を指定されたのは殿下ですよ」

疲労が溜まっていることを予想して寝坊を許したのも、あっさりとした食事を出すようにという指示も、すべてフレデリックの気遣いだというのだ。

「殿下は……本当に真面目な方なんですね」

野菜を煮込んだシンプルなスープは優しい味付けで、飲みやすかった。

あとで挨拶ができたら礼を言う必要があるだろう。

ここまでされると、もう儀式中の態度が幻のように思えてくる。

「今日はどうなさいますか？　こちらのお部屋でゆっくりと過ごされてもよいかと思いますし、もしお疲れでないのなら、城砦の中を案内いたしますよ」

朝食を終えたところで、ポリーからそんな提案があった。

「では、案内をお願いできますか？」

「はい、もちろんでございます。まずはお召し替えからですね」

アデラインのいるこの部屋は、どうやらフレデリックの部屋のようだ。もしかしたら、今後は夫婦の部屋ということになるのだろうか。

「こちらに衣装部屋がございます。まだすべての整理は終えておりませんが、とりあえずしわのないものから選びましょう」

寝室の続きに、小さめの衣装部屋があった。

半分ほどは男性用の服で埋まっていて、片隅にはアデラインの荷物がそっと置かれていた。

一部の衣装はすでにハンガーにかけられている。

貴族の令嬢が嫁入り時に持参するものとしてはおそらく少ないのだが、どれも百年に一人の悪女らしいドレスだ。

（はぁ……自己主張の激しいドレスばかり……）

赤、黒……ビーズが大量についた派手な紫……どれも大差ない気がしたが、赤は昨日咎められた色だから選べず、黒は喪服みたいで避けるしかなく、紫色のドレスを選ぶ。

化粧は軽く粉をはたいて淡い色の口紅だけ塗る。髪はだらしなく見えない程度のハーフアップで、手持ちの中では一番地味な髪飾りをつける。

支度を手伝ってくれたポリーはあえてなにも言わなかったが、時々困った顔をしていた。どう頑張っても悪女風ドレスが似合わないからだろう。

「ありがとう、ポリー。髪型とお化粧、とても素敵です」

「光栄です。さて、こちらですよアデライン様」

ポリーに先導されて部屋の外に出る。

この城砦はラース領主の住まいであり、北の国境守備の要だ。城砦まで攻め込まれたことはないらしいが、多くの兵士が暮らす場所でもある。

窓は小さく、石の壁は圧迫感があって、城砦内全体が薄暗い。

「穴の開いた甲冑《かっちゅう》!?」

ほとんど装飾のない廊下に突如としておどろおどろしい甲冑が現れた。

「……実際に、戦で使われたものだそうです」

「どうしてここに？」

「驕《おご》るとこうなる……という戒めとして何代か前の将軍閣下が設置したのだとか」

ラース領はかつて皇帝の直轄地だった。これまでは皇帝が任命した将軍が城砦の主人として暮らしていたそうだ。

フレデリックは二年前にそれまでの功績によりラースの地を与えられ、領主兼国境守備の責任者となっている。

穴の開いた甲冑はフレデリックの趣味で置かれたものではないにしても、この城砦は皇子の住まいとしてはふさわしくない場所に思える。

無骨で装飾品がなにもない……正直、恐ろしい場所だった。

「静かすぎて、なんというか……ちょっと怖いです」

耳を澄ますと、遥《はる》か遠くから軍人たちのかけ声が聞こえてくる。けれど、わずかな物音があるからこそ、この場だけ妙に静かだと気づかされるのだ。

昼間でも、ポリーが一緒にいてくれなければ歩けそうにないとアデラインは感じた。

「ええ。私も城砦で暮らすようになってしばらくは、亡霊が出るかも……なんて思って、一人で眠れなかったんです。今も同僚のメイドと相部屋でなければ、ちょっと怖いです」

実際にここから戦場に赴いて帰ってこなかった者が大勢いるのだ。それで怖がるなと言われても気弱な女性には難しい。

「どうしましょう。……私も一人だと心配です……」

「昼間は私がおりますし、夜は殿下が一緒にいてくださいますよ！」

「そうだといいのですが……」

フレデリックは、ひとまず皇太子に従順であると見せかけるために初夜の儀を行ったのだ。

皇太子側の人間が都へ帰ってしまった今、アデラインを妻として扱わないかもしれないという予想があった。

（……客人扱いは嫌だわ……）

ポリーのような優しいメイドをつけてくれているし、手酷《てひど》くされる可能性はないとわかるが、いったいどうなるのだろうか。

昨晩も、働きたいと言ったのに明確な役割はもらえなかった。

アデラインは、皇太子の命令があるからではなく、フレデリックからここにいていい理由を与えられたいと思っていた。

（そうだわ。……せっかく案内してもらっているんだから、進んで仕事を探さなきゃ）

これまでだって、制限された中で足掻《あが》いていただけだが、自分にできることはしてきたつもりだった。

新天地では、少なくともちゃんと話を聞いてくれる人がいる。

だから前向きに……与えられることを当たり前に思ってはだめだと自分を鼓舞する。

城砦の主人が私的に使っている区画を過ぎると、だんだんとすれ違う人が多くなる。

(悪女の噂は……北の大地にはあまり届いていないのかしら?)

都の中でも、おもに社交界では話の種にされていたようだが、街では広まっていなかった。

皆、アデラインの派手なドレスを見て驚いた顔をするが、自ら挨拶をしてくれる。

領主としてのフレデリックを支える補佐官、メイド長、料理長、ほか使用人たちを順に紹介してもらえた。

外観も内観も無骨という部分を無視すれば、ここまでは一般的な貴族の屋敷と変わらない。

「ここから先は軍の方々が詰めている区画です。もしかしたら殿下もどこかにいらっしゃるかもしれませんよ」

「お邪魔にならないようでしたら、ご挨拶がしたいです」

城砦のメインとなる建物は三階建てだった。

中央に庭……というにはなにもない空間があって、建物が四方を取り囲むかたちになっている。

一階まで下りるとすぐに威勢のいい声が響き出す。同時にキーンという金属がぶつかり合う音も聞こえた。

この城砦の中央にあるのは、庭ではなく訓練場だった。

アデラインが訓練場に面した窓から様子を覗《のぞ》くと、ちょうど一対一の対戦形式で剣術の稽古が行われているところだった。

「まぁ！　……フレデリック殿下がいらっしゃるわ」

フレデリックは剣を握り、彼と同年代と思われる兵士と対峙《たいじ》していた。

将軍職というのは、命令を出して軍を動かす役目のはずだから、彼が自ら稽古に加わっていることがアデラインには意外に思えた。

「はぁぁぁっ！」

兵士が気合いを入れながら、大きく剣を振り上げた。

「ぐぁぁ」

次の瞬間にはもうフレデリックの一撃により、兵士が後方に吹っ飛ぶ。動いたのは兵士が先だったはずなのに、どうして彼は負けたのだろうか。

素人のアデラインには、なにもかもが速すぎてよく見えなかった。

「遅いっ！　そなた、実戦では一日だって無事でいられないぞ！　……次！」

「はい！　お手合わせ願います」

倒れた兵士は、同僚に抱えられ、訓練場の端のほうまで引きずられていく。

そのあいだに別の者が一歩前に歩み出た。

「来い」

今度の対戦相手はフレデリックよりさらに背が高く、腕まわりも太い大男だった。

結果は先ほどとほぼ変わらない。腹部への一撃を食らった大男が、苦しそうにうめきながら膝をついた。

「そんな動きでは、戦場ですぐに剣の錆《さび》になるだろう！　……次、面倒だから二人まとめて相手しよう」

おそらくはフレデリックが握る剣の刃は潰してあるだろうし、互いに防具は身につけている。彼の一撃は、防具の上からの攻撃でも相手が立っていられないほどの破壊力を有しているのだ。

（残虐……というか、苛烈というか……）

昨日、アデラインがこの城砦にたどり着いたときの冷たい態度のほうがだいぶましだったと思えるほどの殺気をまとっている。

昨晩の話し合いや今朝からの気遣いから、フレデリックは良識のある優しい人だと認識していたからこそ、アデラインは別の側面に驚いた。

正直に言えば、恐ろしい人だと感じた。

アデラインの顔色が悪いことに気づいたポリーがあたふたとしはじめる。

「……お、おそらく……。本当に戦になったときに、生き残れるように……厳しくなさっているはずで……」

やたらとぎこちないフォローだった。

ポリーもきっと、剣を振るうフレデリックを恐れているのだろう。

「大丈夫です……。鍛錬をしている場を見たのが初めてで……そ、そうですよね。一歩間違えば大怪我《おおけが》をしてしまうのですから、真剣なのは当たり前ですよね……」

アデラインもそう自分に言い聞かせた。

それから、フレデリックは五人の兵士を相手にし、全員に圧勝していた。

「殿下！　本日もご指導ありがとうございました」

「我が国の平和はそなたたちによって保たれている。平時における日々の努力が、このラースの地とそなたたちの命を守ることに繋がっているのを忘れるな」

「はっ！」

稽古が終わると、最後に剣を交えた者たちが整列し、フレデリックに敬礼をした。

兵士たちは対戦には負けたが、キラキラとした顔をしている。

フレデリックの配下にあることが、誇らしいのだろう。

(殿下は本当に慕われているのね……)

一つわかったのは、フレデリックが努力家であるということだ。本来、皇族が軍に所属したとしてもこんなに強くなる必要はないだろうし、自ら兵士の訓練に付き合う理由もないはずだ。

彼は自分の強さを示し、それによって部下からの信頼を得ている。

厳しく指導しても慕われているのだから、彼を怖がらなくてもいいのだろう。

訓練を終えたフレデリックは布で汗を拭いながら、建物のほうへと歩いて来る。

やがてアデラインと目が合った。

「花嫁殿……だな？」

フレデリックはなぜか首を傾《かし》げながら近づき、アデラインの顔をじっと見つめた。

「……ごきげんよう、殿下。今朝はご挨拶ができずに申し訳ありませんでした」

どうしたのだろうかと疑問に思いながらも、アデラインはできるだけ丁寧な挨拶をする。

「疲れていただろう？　気にする必要はない。体調はどうだ？　どこか痛みは……？」

アデラインは焦って何度も首を横に振り、どうにかこの話題を終わらせようと必死になった。

長旅での疲労を心配しているのか、初夜の儀で受けた痛みについて気にかけているのかわからなかったのだ。

夫婦の寝室で行われた儀式については、メイドであっても第三者がいる場所で話したいとは思わない。

アデラインが思わずうつむくと、予告なくフレデリックの手が顎のあたりに触れ、上を向くようにと促された。

「……え？」

恥ずかしくても、うつむくのは失礼だったのかもしれない。

フレデリックは精悍《せいかん》な顔立ちの皇子だ。意志の強そうな瞳に見つめられると益々居心地が悪い。

たっぷり十数える余裕があるくらい見つめ合った頃、フレデリックが急に我に返り、手を放した。

「すまない！　顔が……。いや……その……」

先ほどまでの勇ましさが嘘のような純朴な青年になってしまった。

「顔？」

顔にゴミでもついていたのだろうか。

アデラインは自分の頬《ほお》や鼻先をさわってみたが、鏡がないとよくわからなかった。

「化粧というのは美しくなるためにするもののはずだ」

「はい、もちろんです」

「……なんで素顔のほうが可愛いんだ？」

彼は真顔でそんな言葉を口にした。

「か……かわ、い……い？」

他人から可愛いなんて言われたのはいつぶりだろう。

彼は平然と異性を褒めるような人だったのだ。

最初から赤かったであろうアデラインの頬が、ボッと燃えるように熱くなっていく。

するとフレデリックがさらに慌て出す。

「い、いや子供っぽいっていう意味じゃないぞ。普通に好感が持てる顔立ちだと言いたいだけだ。化粧をしていても不細工ではなかった！　だが、今日のほうがずっと綺麗だと思っただけだ」

言い替えても、やはり褒め言葉には違いない。

アデラインは羞恥心でまたうつむいてしまった。今度はフレデリックもそのままにしておいてくれる。

「ありがとう、ございます。……一応、少しだけお化粧をしているのですが……。でも、誰かに可愛いなんて言っていただけたのは、何年ぶりかわかりません」

実父には言われていたはずだし、かつて仲よくしていた同性の友人からも言われたことはある。

けれどアデラインは社交界デビューすらしていなかったから、異性との接点はほぼなく、若い男性からそんなふうに褒められたのは初めてだった。

「ドレスがまったく似合っていないこと以外、すべて完璧だと思うが？　黒髪は綺麗だし、顔立ちも清楚《せいそ》で好ましい。誰にも可愛いと言われてこなかったというのなら、これからは私が言ってやろう」

不器用なアデラインは、嬉しい言葉をもらったというのに、お礼すら満足に言えない。

（ど……どうしましょう？　本当に、恥ずかしい……）

フレデリックは将軍職に就いている皇子で、損な役回りばかり押しつけられている真面目な人……というのが昨日から抱いていた彼に対する印象だった。

つい先ほど、将軍としての彼が鬼のように厳しい人だという情報が追加されたと思ったら、次は真顔で女性を賞賛する軟派な人……という事実まで発覚した。

きっと一朝一夕では、彼を知ることなどできないのだろう。

「それにしても、ドレスはまったく似合っていないな。昨日は赤で今日は紫？　……暖色なら優しいピンクとか、オレンジもいいな。寒色でも水色や薄紫がよさそうだが……なんでそんな……」

フレデリックはごてごてとしたスカート部分の装飾を眺め、時々摘まみながらそう言った。

悪気はない……はずだが、はっきりドレスが変だと指摘されると困惑する。

アデラインがどう反応していいのか迷っていると、ポリーが二人のあいだに割り込んできた。

「殿下。おそれながら、殿下はまっすぐにものを言いすぎです！」

眉間にしわを寄せ、プンプンと怒るのは、アデラインのためだ。

「そ……そうか……？」

「女性に対し、ドレスが似合っていないなんて絶対に言ってはいけません！」

「私はただ、清楚で可愛らしい花嫁殿にはもっと別のものが似合うと言いたかっただけだ」

「言い訳をしない！　見苦しいですよ。……引退した母が聞いたら、嘆き悲しみます」

二人はどういう関係なのだろうか。

会話から、ポリーの母もフレデリックと親しいのだと推測はできるのだが……。

アデラインが首を傾げていると、ポリーがそれに気づいてくれた。

「じつは、私の母が殿下の乳母なのです。殿下と私の兄が同じ歳で、私は四つ下の二十二歳。二世代で殿下にお仕えしております」

するとポリーはフレデリックの乳兄弟のような存在なのだろうか。

身分の差があっても、それを気にしなくていいくらい親しいのだと今のやり取りから推測できた。

（では、信頼できるポリーを私付きにしてくださったのかしら？）

アデラインは、この城砦に来てから何度目かの配慮を感じた。

「お気になさらないでください。ドレスは私も似合っていないと思っていますので。じつは、使用人同然の扱いでしたからまともなドレスを持っていなかったんです。……それで悪女として殿下に嫁ぐことが決まったので……」

「なるほど、悪女にふさわしい化粧にドレス……だったのか。まぁ、昨日の赤よりは今日の派手な紫のほうがまだいいな」

うんうんと頷いて、フレデリックは納得していた。

その横で、ポリーはまた頭を抱えている。

「……殿下は赤がお嫌いなんでしょうか?」

婚礼用のドレスに赤を選んでしまったのは確かに失態だったが、フレデリックの中にはそれ以上のなにかがあるようだとアデラインは感じた。

案の定、フレデリックの表情がどんどんと険しいものになっていく。

「……じつは、少し前に兄上が赤い衣装を送りつけてきたんだ」

「赤のお衣装?」

「そう。皇子としての私の礼装は白のはずだったんだ。昨日見ただろう?」

「はい、とても凛々《りり》しくて素敵なお姿でした」

アデラインは昨日の彼の姿を思い起こす。

清潔感のある銀髪に、やや冷たい印象だが整った容姿のフレデリックには、白の礼装がよく似合っていた。

「公式の場では白を着ると決まっているというのに、血でできたしみを隠すために最適な衣装を仕立ててやった……などという手紙と一緒に真っ赤な衣装が送られてきたものだから……」

苦虫を噛《か》み潰《つぶ》したような顔をして、フレデリックは赤の衣装の意味をアデラインに教えてくれた。

その血とは敵を倒したときの返り血だろうか。

それとも、残虐皇子と呼ばれる理由となった一年前の戦で亡くなった味方の血だろうか。

後者だとしたら、皇太子は随分と都合のいいように自らの記憶まで改ざんしてしまう人物ということになる。それに赤の衣装なんて、アデラインからすれば的外れに思えた。

「そうだったんですね。でも皇太子殿下は少しずれていらっしゃいますね」

「……それは、どのあたりが？」

「血液のしみを隠すのなら黒のほうが適当でした。血でもワインでもそうですけど、赤の布にたらすとそのうち黒ずみます。……洗濯が大変なんですよ」

この二年ほどメイドとしての仕事をこなしてきたからこそわかる。しみが気にならない色は黒だ。

「ハハッ！　花嫁殿は、なんというか……おもしろいな。私も、どうせなら黒にしてくれと返してやればよかった。ちなみに黒は……皇太子としての兄上が好む色だ」

先ほどまでの苦しげな表情が嘘みたいな笑顔を見せてくれた。

「ごめんなさい。話が逸《そ》れてしまいました」

もちろんアデラインも「残虐皇子には血と同じ色が似合う」という意味であることくらい重々承知だ。

ただ、皇太子の贈り物があらゆる意味でふさわしくなかったとどうにかして伝えたかった。

「つまり、昨日花嫁殿がまとっていたドレスは、私への嫌味《いやみ》だと思ったんだ。自ら進んで袖を通したとしたならば、君がどちら側の人間かは明らかだと思って……冷静さを欠いていた。本当に、申し訳ない」

皇太子とフレデリックは同母の兄弟だというのに、どうしてこうも違うのだろうか。

アデラインは皇太子とは一度会っただけだが、それでも善人ではないとわかる。

弟を不幸にする縁談を積極的に計画していたし、自らの罪を弟になすりつけた行為を後ろめたいとも感じていないようだ。

それに比べてフレデリックのほうは、話し合い不足による過ちを認め、昨日から何度も謝ってくれている。

「謝罪は昨日いただきました。私もあえてそう見られるようにしていたので殿下が気になさることはございません」

「……そうか。私はそろそろ執務に戻らないといけない。夕食は一緒にとるつもりだから、そのときにまた話をしよう」

フレデリックはそう言うと、アデラインのそばを離れた。

彼の姿が見えなくなったところで、アデラインも歩き出す。

「それにしても……ポリー。殿下は、いつも女性にあのような態度を取られるのでしょうか？」

アデラインが若い男性と接する機会をほぼ持っていなかったせいかもしれないが、フレデリックの「可愛い」は大変心臓に悪い言葉だった。

あれが彼の普通だというのなら、かなり困ってしまう。

「殿下は警戒している相手には心の内を悟られないようになさっているようですが、その反動なのか、身内に対しては裏表なくなんでも本音を口にしてしまう方です」

つまり、アデラインのこともすでに身内という認識でいるのだろうか。

（きっと境遇が似ているからでしょうね。皇太子殿下に振り回される被害者としての〝身内〟なのかもしれないけれど……それでも……）

誰かにそんなふうに認められたのは初めてだ。

アデラインは、同情であっても、そのことを嬉しいと感じていた。

城砦内を一回りしたあと、アデラインは夕方までポリーと二人で荷物の整理などをして過ごす。

ドレスはもちろん、寝間着や装飾品までアデラインには似合わない品物ばかりなことに、ポリーは驚いていた。

「本当に徹底されているんですね。殿下にお願いして新しいものを揃《そろ》えたほうがよさそうです」

「いいえ！　絶対にだめですっ。今の私は殿下に負担をかけるだけでなにもしていません。ドレスがないわけではありませんから、どうか言わないで」

アデラインは必死だった。

先ほどのやり取りから察するに、ポリーが助言をすれば彼はきっと新しいドレスを仕立ててしまうだろう。

アデラインは、皇太子から押しつけられた花嫁だ。

有害な悪女ではないけれど、今のところフレデリックになんの利益ももたらさない貧乏伯爵令嬢なのだから、彼に散財させてはならない。

「かしこまりました。……アデライン様がそうおっしゃるのなら、余計な助言はいたしません。……さあ、早く片づけてしまいましょう」

元々少ない荷物だったため、二人で協力して、夕方までにすべてのものを整理することができた。

第三章　残虐皇子には理想の妻が必要です

フレデリックは約束どおり、夕食の時間を共にしてくれた。

城主のためのダイニングルームでいただくのは、鶏肉《とりにく》の煮込みに蒸した野菜、パンにスープ、それから少しのワインだ。上流階級の食事としては比較的質素なものだったが、味は絶品だった。

「とてもおいしかったです、殿下」

朝食のスープも、昼食も、夕食の鶏肉料理もすべて温かく、それだけでアデラインは幸せだった。伯爵家ではいつも冷めた料理しか食べてこなかったのだ。

「それはよかった。……ところで花嫁殿、なにか困ったことはなかったか？」

食後の紅茶に砂糖を入れてスプーンでかき回しながら、フレデリックが問いかけてきた。

「……ポリーも城砦の皆さんも、本当によくしてくださるのでなにもございません」

「そうか」

「殿下が私について、あらかじめ皆さんに説明してくださったからです。……なにからなにまでありがとうございました」

思い返すと、出迎えのときはフレデリックだけではなく、皆が冷ややかだった。

アデラインが寝坊しているあいだに、直接仕えるポリーだけではなく、城砦で働く者全員になんらかの指示を出していたのだろう。

フレデリックのひと言で態度が変わるのは、彼が信頼されている証だった。そのおかげでアデラインは嫌な思いをせずにいられた。

「君はこの先どうしたい？　今は……兄上と対立する時期ではないから離縁は無理だ。それ以外のことで希望があればできる限り叶えたいと思っている」

「私はどこかで穏やかに過ごせたらと考えておりました。……平穏に暮らせる居場所が欲しいんです」

アデラインは正直に答えた。

実父が亡くなってからは、徐々にいろいろなことを諦めるようになっていった。仕事そのものは苦ではなかったからいっそちゃんとメイドとして扱ってほしいと願っていたくらいだ。

ただ血の繋がりがないという理由で義母から疎まれ、屋敷の中にさえ居場所がなかったことがひたすらに悲しかった。

だからアデラインの願いは、心穏やかに暮らせる家を手に入れることだった。

「しばらくのあいだ、それくらいは保証してやれるんだが……」

「しばらく……というのは……？」

やはり、いつかアデラインは追い出されてしまうのだろうか。

「……べつに兄と敵対したいわけじゃないが、こちらがいくら野心はないと示したところで意味はなかった。おそらくは今回の件が最後の嫌がらせとはならないだろう。……私も、次を受け入れる気はない」

フレデリックは、近い将来皇太子と本格的に敵対する日が来ることを予想していた。

皇族同士の争いが起こるから平穏ではなくなるという意味であり、いつかは追い出したいという意図ではないようだった。

「それなら、私もお手伝いさせていただきます。私は皇太子殿下がフレデリック殿下になさっている嫌がらせの証拠ですから。いっそ、このまま悪女として過ごせば、あるいは……」

アデラインは、皇太子の嫌がらせの生きた証拠である。

例えば悪女を演じ続け、そんな人物を花嫁として送り込んだのが皇太子だという事実を広められないだろうか。もちろん、二人の結婚の意味するところくらい、貴族たちだってわかっているだろう。

誠実さや正しさなんて政の世界ではきっとなんの力も持たない。そうだとしても、すべての貴族が一枚岩というわけではないと願いたかった。

「ばかなことを……。それでは居場所を求める君の希望と矛盾する。第一私を、罪なき者を利用する悪人にしないでくれ」

アデラインはその言葉にハッとなる。そしてすぐに、これはフレデリックのプライドを傷つける発言だったと理解した。

「申し訳ありません」

「だが、共闘ならばいい……。花嫁殿は悪女、私は残虐皇子……どちらの汚名も一緒にそそぐことを考えよう。君のほうが簡単だろうし」

アデラインの噂を払拭するほうが簡単だとフレデリックが言ったのは、敵対している者が持っている権力に雲泥の差があるからだ。

皇太子と義母は現在手を組んでいるが、アデラインが悪女ではないという事実を共有していない。

それが明らかになったとき、義母は皇太子の不興を買い、窮地に陥るだろう。そしてフレデリックの持つ権力や身分は、皇太子には届かないとしても、傾きかけた伯爵家には十分に通じるはずだ。

アデラインの悪評は、令嬢として社交の場に出ることが許されなかったからこそ成り立っていたものだ。

そう考えると、簡単だというフレデリックの意見には同意できた。

「でも、私の悪評を払拭できても、殿下の名誉回復には繋がらないのではないでしょうか?」

二人の汚名はそれぞれ別の者のくわだてによって着せられたものだ。アデラインが悪女でないと証明できても、それでフレデリックの評判まで変化するはずもない。

「私のほうは、それこそ証人がごまんといるんだ。……単純に、私の味方をしたほうが得だと思わせたらそれで状況は変わる。例えば君の件で貴族たちから同情を集め、良心に訴えるとか」

多くの証人がいるのにフレデリックが残虐皇子と呼ばれているのは、噂を流した相手が次の皇帝になる人間だからだ。真実を知っていても黙っている者たちを改心させるなんてできるだろうか。

（殿下が同情を誘うなら、私の考えた作戦のほうがまだ可能性があるんじゃないかしら？　それなのに……）

アデラインはフレデリックという人のことをそれほど知っているわけではない。

女性の扱いについて素直すぎて心臓に悪いと感じるが、思慮深い人だと思う。

これまで権力に絡んで苦労してきたであろう彼にしては、二人まとめて汚名を返上するという考えは、楽観的すぎた。

（もしかして、私のため？）

アデラインの噂が嘘だと証明されることが、フレデリックの役に立つなんて、彼は本気で考えてはいないのかもしれない。あえて険しい道に進んでいるような気がしてならなかった。

「どうした？」

賛同できずに黙り込んでいると、フレデリックがじっと見つめてきた。

「……い、いえ。もしそんなことが可能ならとても素敵だなって思いました」

進んで悪女のままでいるという主張を続けても、彼が認めないことだけはもうわかっている。だからアデラインはひとまずフレデリックに同意した。

「約半年後。年始めの行事の中には皇族の参加が義務づけられているものがある。私たちも都へ帰らなければならないだろう。……そのときまでに証拠や証人を用意できればいいのだが……」

「それは……難しいと思います。だって社交界では誰も私のことを知らないんですもの」

捏造《ねつぞう》でもしない限り、アデラインが悪女であるという証拠は出てこないはずだ。

一方で、悪女ではないという証明もなかなかに難しい。主張を信じてもらうためには、リネットを超える人望が必要だ。けれど、貴族社会とは関わらずに生きてきたアデラインにはそれがない。

「誰も？　貴族の令嬢……友人は？　父君が存命の頃は普通の伯爵令嬢として暮らしていたのだろう？」

「十五歳まではそうでした……でも、急に手紙の返事ももらえなくなってしまって……」

アデラインは離れていってしまった人たちを思い出す。かつて友人だと思っていた相手について考えると、どうしようもなく胸が苦しかった。

「返事がない？　それはどうして……？　完全に交流がなくなるなんてあり得るのか？」

「わかりません。実父の葬儀からしばらくして、何人かにお手紙を送ったんですが、返事がなくて……。その後は私も行動を制限されてしまったので、あえて連絡を取ろうとはしなかったんです」

ちょうど、はっきりと義母に嫌われているのだと自覚したあたりだ。

幼い頃から実子のリネットへの態度との違いは感じていたけれど、それが憎しみに近いものだったと知り、アデラインは人間不信気味になっていた。

返事がないのは、友人たちも義母と同じように本当はずっと前からアデラインが嫌いだったから——なんていう想像をしてしまい、再び手紙を送る勇気を持てなかった。

そのうちに、貴族の友人宅を訪問するためのドレスを奪われて、伯爵邸に誰かを招くなんて権利もなくなった。

「義母なり異母妹なりが、なにかしたんじゃないのか？」

「そうですね……今にして思えば、その可能性も十分に考えられます」

ケイティたちがなんらかの噂を流しはじめたのが、もし実父の死の直後だったら友人からの返事がなかった理由もわかる気がした。

「もう一度手紙を書いてみるのはどうだろうか？」

フレデリックの提案はとても前向きなものだった。

事実を一つ一つ確認していかなければ、悪女の汚名は返上できないはずだ。

それでも、また無視されたらと思うと怖かった。なにせもう四年も連絡を取っていない相手なのだ。

もし、あの頃疎遠になった理由が誤解やすれ違いだったとわかったとしても、もうアデラインのことなど忘れているかもしれない。

(でも……私に協力したほうが損をする可能性が高いのに、殿下はこうやって助言をくださる……。また傷つくのが嫌だから……なんて言っていられないわ)

自分のためにも、フレデリックのためにも、一歩踏み出さないといけないときなのだろう。

「……わかりました！　私、友人に手紙を書いてみます。親身になってくださってありがとうございます、殿下」

アデラインは決意を固め、フレデリックに礼を言った。

けれど彼のほうにはなにか引っかかる部分でもあるのか、小さく首を傾げていた。

「殿下、か……。一つ提案があるのだが、今後はお互い名前で呼ぶようにしないか？　先ほどからずっと私も君も、まともに呼んでいないだろう？」

言われてみると、アデラインはフレデリックのことを「殿下」と呼び、フレデリックも「花嫁殿」か「君」としか呼んでいなかった。

（もしかして、ちょっと拗ねていらっしゃる？）

先に気づいていたのに、あえて「花嫁殿」と言い続けていた理由を、アデラインはそう解釈した。

「それでは、フレデリック様と呼ばせていただいてもよろしいですか？」

「ああ、アデライン。……これからよろしく頼む」

一応、互いの悪評に関する今後の方針が決まったところで、夕食の時間は終わった。

◇　◇　◇

夕食のあとは、ポリーに手伝ってもらい湯浴みを済ませた。

身を清めたアデラインがまとうのは、またもや悪女用の寝間着だった。生地は薄く、身体のラインがはっきりわかるし、少々透けている。色は黒で、レースの装飾が邪魔だった。

これまで、寝間着と言えばシンプルでそこそこ柔らかい綿素材を好んで着ていたアデラインの常識では、これは寝間着ではない別のものに見えるのだが、慣れるしかないのだろう。

到底人には見せられないため、しっかりとガウンを着込んでから寝室に入る。

先に入浴を済ませたフレデリックは、窓辺に座って涼んでいた。

シャツがややはだけていて、たくましい胸がチラチラと見えてしまう。黙っていると冷たい印象ではあるものの、やはりとても美しい人だ。

男性の無防備な姿に慣れないアデラインは、目のやり場に困った。

それまでぼんやりと夜空を見ていたフレデリックは、アデラインがやってきたことに気づくと身体の向きを変えた。

アデラインも、彼が眺めていた景色が気になり窓辺へと近づく。

夜でも少々蒸し暑く感じる季節だから、濡れた髪に風があたると心地いい。月は見えないが、星は数え切れないほど無数にあった。

都の星空よりも、ずっと澄んでいて綺麗だった。

「そういえば、今夜から寝室を分けるべきだろうか？　昨日傷つけてしまったから、私が恐ろしいのではないか？」

フレデリックから突然の提案だった。

一緒の部屋で眠りたくないというより、あの初夜の儀を気にしている様子だ。

（……隣にフレデリック様がいらっしゃると落ち着かないけれど、部屋を分けたら当然一人で眠るのよね？）

アデラインはすでに彼を恐ろしいとは感じていなかった。……怖いのはむしろ、別のものだ。

「あ……あの。……できれば、一緒がいいです」

「一緒でいいのか？」

「じつは……ちょっとこの城砦……怖いんです……！　建物が古くて、なにか出そうで……」

十九歳はデリンガム帝国ではすでに大人だ。それなのに、非現実的なものを怖がるのは恥ずかしかった。

けれど、虚勢を張って別の部屋にと言えるほどの強さをアデラインは持っていない。

「なるほど。実際に国境を守るための兵が詰めている場所だからな。確かに三十年前に戦死された将軍の亡霊がさまよっているとか、首なし兵士の――」

「フレデリック様！」

フレデリックが大真面目に怪談話を始めるものだから、アデラインは思わず声を荒らげた。

「あぁ、すまない……。どうも軍人として男ばかりに囲まれて生きてきたせいか、女性に対し配慮が足りないみたいだ。だったら、アデラインはこのまま私の妻として過ごす……ということでいいんだろうか？」

「はい、もしご迷惑でないのならお世話になりたいと思っています。ラースの領主夫人の仕事をこなす必要があるのでしたら、今から全力で覚えます！」

得意なのは洗濯や掃除、おいしい紅茶をいれること、それから刺繍やレース編みだ。けれど、フレデリックがメイドとしての仕事を認めてくれない予想はすでについている。

それでも、怠惰な生活を送るなんてあり得ない。貴族の夫人にだって、やらなければならない仕事はあるはずだ。

「仕事か……。ちなみに、アデラインの考える私の妻の役割とはなんだ？」

これは試されているのだ、とアデラインは察した。

きっと正しい答えを言えたら、領主夫人として励む覚悟があると認識されて、仕事をもらえるはずだ。

アデラインは慎重に、言葉を選びながら自分の考えを口にした。

「おそらく、この城砦で働く使用人へ指示を出したり、予算を管理したり……だと思います。まずは現在取り仕切っている方の下で学ばせていただきたいです」

アデラインも一応、十五歳までは伯爵令嬢として育った。

将来、どこかの領を治める貴族に嫁ぐ可能性が高い立場だったから、夫人の役割についてはわかっているつもりだ。

領主のフレデリックが国境警備の責任者も兼ねている部分は少々特殊だが、大きく間違った答えではないはずだった。

それなのに、フレデリックの表情は曇っていた。

「領主夫人としてはそうだろう。そういう仕事をするのはかまわない。……だが、質問は〝私の妻〟だ」

アデラインは質問の意図を考え、そして答えに行き着いた。

「……あ！」

急に顔が火照る。妻として——例えば、愛し愛されることだろうか。または後継者を産み育てること……その両方かもしれない。

アデラインが顔を真っ赤にしていると、フレデリックの手が伸びてきてそれが腰に回された。

逃げようと思えばできるくらいの強さだ。

けれど、アイスブルーの瞳はそうしてはならないと語っているようだった。

「……私にとって君との結婚は予想外の良縁なんだ」

「え？　……でも私はなにも持っていませんし、悪評が……」

実家は借金まみれで、爵位はあるが国政への影響力なんて少しもない。そして偽りだとしてもとんでもない悪女という噂がある。

そんなアデラインは、フレデリックにとって一切の利点がない花嫁だ。

「少なくとも今の段階では良縁だ。政治的または金銭的に利益をもたらす花嫁なんて、兄上に疎まれる理由を増やすだけだ。……私だけならまだわかるが、妻の命まで狙われるのは御免被りたい」

今の段階で……という言い方には少しだけ含みがあると感じ取れた。

「暗殺される危険性を考えて、傾きかけた貧乏伯爵家の娘でかまわないというのですか？」

皇太子を刺激しないようにするために、フレデリックは結婚による立場の強化を望んでいなかったのだ。

「そうだ。だから私にとっての理想の花嫁は、国家権力から遠い者で、好ましい人柄ということになるんだろう」

「こ……好ましい……？」

相変わらずフレデリックの言葉は直接的だ。

アデラインの人柄を好ましく思っている……以外に解釈のしようがない。誰かから好意を向けられることが久しぶりすぎて、アデラインは心臓の音がうるさくなっていくのを感じていた。

「結婚によってなにも手に入れられないのであれば、せめて好感の持てる女性を花嫁にしたかったんだ。君はどうやら働き者のようだし、散財もしないだろう。随分と苦労しただろうに前向きだ」

「私……褒められるのには慣れていなくて……」

じっと見つめてくるフレデリックは、少し笑っている。

アデラインの動揺に気づいていて、からかっているみたいだった。

「出会ったばかりだし、昨日は酷いことをしてしまったから、今すぐ妻の役割を果たせとは言わない。ただこれから互いをよく知ったあかつきには、双方の合意のもと夫婦となる可能性があることを忘れないでいてくれ」

アデラインはコクン、コクンと頷いた。

昨日出会ったばかりの人で、中途半端ではあるものの初夜の儀は済ませている。最初は冷たく恐ろしい人だと思っていたけれど、憤りの理由も納得できるものだった。

皇族や貴族の政略結婚ならば、互いをよく知ってからという気遣いは本来不要だ。

それなのに彼は、これから良好な関係を築こうと提案してくれている。

「私、今までそんなふうに考えたことがありませんでした。……フレデリック様のことは……そのっ、ええっと……」

恋愛未満ではあるものの、確かに好意はあるという気持ちをどうやったらうまく伝えられるのだろうか。

「嫌われていないとわかっているから大丈夫だ。……嫌だったら、そんなふうに真っ赤にはならない」

指摘されると、症状が悪化していく。

しかもそれを眺めているフレデリックがおかしそうにするものだから悪循環だ。

「さあ、話は終わりだ……そろそろ眠ろうか？」

「……はい」

フレデリックは窓を閉めてから明かりをいくつか落とし、寝台に寝そべった。

今晩は、枕とクッションで塀が築かれることはなかった。それは、二人の関係が前向きなものになりつつあるという証に思えた。

アデラインも彼に続いて横になろうとしたのだが――。

「アデラインはガウンを着たままベッドに入るのか？」

ベッドの端に腰を下ろしたところで、そんな指摘が入った。

「じつは……寝間着も悪女用なんです……」

アデラインの寝間着は、胸の谷間が丸見えなのはもちろん、目をこらすと二つの突起までははっきりわかる扇情的なデザインだ。

痩せ気味で胸の大きさが平均よりややひかえめなアデラインには、そもそも似合っていないため、ガウンを着込んで隠していた。

「は？　なにを言っているんだ。寝間着の種類に悪女用も聖女用もないだろう？」

フレデリックがキョトンと首を傾げる。

確かに、悪女用だと明記して売っていたわけではないはずだから、フレデリックの言葉は正しい。

「でも……似合っていないので、恥ずかしいんです」

「見せてみろ。似合っていなくても笑わないと約束しよう」

アデラインが不自然に隠そうとするから、余計に興味が湧いてしまったのだろうか。

なんとなく、見せないと引き下がってくれそうにない予感がした。

「ええ……っと……」

部屋はすでに薄暗いし、フレデリックは書類上では夫だ。

一度素肌を見せているし、彼が気にしないというのであればガウンを脱ぐべきなのかもしれない。

寝返りを打つと腰紐《こしひも》の結び目がベッドと身体のあいだに来てしまうことがあり、煩わしい。本音を言えばアデラインも脱ぎたかった。

七歳も上の大人の男性なのだから、この程度の寝間着を見ても動じないはずだ。もったいぶって隠すほどの女性的な魅力をアデラインは持っていない。自意識過剰はやめるべきだった。

「……では、失礼します」

アデラインはガウンの腰紐をするりと解いて、気恥ずかしさに耐えながらフレデリックの前に寝間着を晒した。

けれどガウンを脱ぎ終わる前に、フレデリックが身を起こし、伸びてきた手によってガウンが引っ張られた。あっという間にもとの状態だ。

「あの……？」

笑わないから脱いでいいと言ったのはフレデリックだ。

そうだというのに、アデラインが脱ぎ終わらないうちに止められてしまった。

「すまない！　私が想像力の欠如した愚かな人間であることを、今この瞬間に自覚した。……それはだめだ……君の言うとおり、紛《まぎ》れもない悪女用だった……」

フレデリックはあからさまに視線を逸らし、急に衣装部屋へ行ってしまった。

そちらには明かりがないはずだが、彼はガサゴソとなにかを探って、すぐに戻って来る。

「寝ている最中にガウンがはだけたら大惨事だ。……ひとまず私のシャツを着なさい」

持ってきたシャツを押しつけたあと、彼はアデラインに背を向けた。見ないから着替えを済ませろという意味だろう。

アデラインは言われたとおりガウンを脱いで、寝間着の上からフレデリックのシャツを羽織った。かなり大きいが、素材は柔らかい。ボタンをすれば寝ているあいだにはだける心配はなさそうだ。

「着替え……終わりました」

「じゃあベッドに横になって……しっかり毛布をかけろ」

彼はまだ振り向かず、次の指示を出した。

「はい、できました」

「……よし」

背を向けてじっとしていたフレデリックがようやく動き出す。

昨晩と同じようにクッションで塀を作ってから、彼も横になる。

今夜は塀を築かずに眠る雰囲気だったはずだ。一度縮まった距離がまた開いてしまった象徴のような気がして、アデラインは多少なりとも傷ついた。

「その寝間着、絶対に他人に見せないように注意しろ」

「はい。……でもポリーに……」

「女性ならいい。……私も含めて男はだめだ。いいな、絶対だ！」

もう姿は見えないが、フレデリックは怒っているのかもしれない。

（私の寝間着……見ることすら拒否したいくらい、卑猥《ひわい》だったの……？）

そんなふうに思われているのなら、二度と見せたくなかった。

ドレスはともかく、寝間着だけは新しいものを用意するべきだろうか。最低限の嫁入り道具だけで金を持たされずにこの地に送り込まれたアデラインは、生活必需品すら自由に買えない。

一応、これまでこっそり稼いでいた金は持参しているのだが、貴族の夫人としてふさわしいドレスを一着買えるかどうかという程度の金額だ。

（やっぱり、少しは役に立てるって証明できてから……フレデリック様にお願いしてみよう）

クッションと枕で造られた塀の向こうにいるフレデリックは今、なにを考えているのだろうか。

少なくとも、寝間着はアデラインの趣味で選んだ品物ではないとわかってくれたらいいなと思いながら、その日は眠りについた。

◇　◇　◇

アデラインは悪女の噂を払拭するための行動として、かつて友人だった三人の令嬢たちに近況を知らせる手紙を書いた。

返事をもらえないかもしれない……と不安になり、どうしても気が滅入《めい》ってしまう。

だから、積極的に領主夫人としての仕事をこなしながら、その件はなるべく考えずに生活しようと心がけている。

ラース城砦で暮らしはじめてから十日目。

領主の執務室に専用の机を用意してもらったアデラインは、その日も仕事に勤《いそ》しんでいた。

フレデリックはラース領主と将軍職を兼任しているから多忙だった。

そのため城砦と領地の管理については何人かの補佐官が行っている。

筆頭補佐官はベンジャミン・アドラムという名の物腰の柔らかな老紳士で、アデラインの指導役を買って出てくれた。

彼は男爵家出身の文官でフレデリックの教育係だったそうだ。フレデリックがラース領主となった時期に宮廷勤めを辞めて、私的に仕える道を選んだという。

「軍人の給与は国から支払われていて……駐留のための一部経費はラース領主が負担するんですね。それとは別にラースの城砦や領地を維持管理する予算はこっちの帳簿で……管理が複雑です」

例えば城砦の一部に修復が必要となった場合、それが軍が駐留するための区画かどうかで予算の出所が変わってくる。

中にははっきり分けられない部分もあるから、注意が必要だった。

「アデライン様は計算がお得意なようですし、なにより勉強熱心でございますから教え甲斐がございますね」

「ありがとうございます。でも、まだまだわからないことだらけで……ええっと次の書類は……」

アデラインの仕事の一つが、届けられた書類の仕分けだった。

地味な作業だが、これをすることによって、城砦内の組織構造や役割分担が把握できる。

まず手にしたのは、鮮やかな青の封筒だった。

（綺麗な封筒……。差出人はヘレナ・グラフト様。……女性の名前よね？）

それはフレデリック宛ての手紙だった。

花柄の可愛らしい封筒だから、おそらく領主に対するものではなく個人的な手紙だ。

ヘレナという女性はいくつくらいの、フレデリックとはどんな関係の人物なのだろうか。

（いけない……。押しつけられた花嫁の私が、フレデリック様の交友関係を知りたがるなんて……。個人宛てのお手紙はこっちに仕分けて……次の書類は……）

女性の名前を目にしただけで、心の中がもやっとしてしまう。

それはとても悪い感情のように思えて、アデラインはどうにかヘレナという名前を頭の中から追い出そうとした。

　青い封筒は、フレデリック個人宛てとして仕分けたあと、次の書類を手に取る。

「次は街道整備に関する見積もり。……ベンジャミンさん。この書類はどうしましょうか？」

　街道整備だと領地の管理をする者宛てであり――実務はベンジャミンの担当だろう。

「どれどれ……。おお、これは半月前に私が職人に依頼していたものですな。適正価格かどうかを確認してから返事をする必要がありそうです」

「適正価格かどうかはどうやって調べるんですか？」

「過去に似たような工事を別の職人に依頼した例があるので、今回はそれとの比較がよろしいでしょう。前例がない場合は、詳しい者に査定を依頼することもございます」

　なるほど、とアデラインは頷いた。

　領地の運営を担う者が、すべての専門知識を得るなんてできるはずがない。どうやって補うのかが重要なのだ。

　アデラインはさっそく領内の土木工事についての記録が収められている書庫の場所を教わって、関連する資料を取ってきた。

　そして、二人で協力して今回の見積もりに無駄がないかどうかを精査していった。

「ふむ。確認が必要な部分もありますが、おおむね問題ないようですな」

「はい……。精査するだけでも結構大変なんですね……勉強になります」

「いえいえ、アデライン様は本当に事務仕事の才能がおありですよ」

アデラインもやりがいは感じていた。

仕事を覚えれば覚えるほど、ここが自分の居場所だと胸を張れるし、褒めてもらえる環境がとにかく嬉しかったのだ。

大きな案件が片づいて一息ついていると、軍服姿のフレデリックがやってきた。

彼は服を選ぶのが面倒だからという理由で、日中は軍服で過ごすことが多いようだった。

「アデライン、今日もここにいたか」

「はい、今日は道の修繕についての見積もりを確認していて、ちょうど終わったところです。あとでご報告させていただきます」

「そうか……。もしよければなんだが、午後からはラースの街へ視察に行かないか？」

それは突然の提案だった。

「同行してもよろしいのですか？」

「あぁ、領主夫人として領内を見て回るのは大切だからな」

アデラインはまだ、一度もラースの街へ行っていなかった。一応、書類上では第二皇子の妃ということになっているため、一人で気軽に買い物に行くなんてできなかったのだ。

「ぜひご一緒させてください」

視察というのはれっきとした職務ではあるものの、外に出られるのは嬉しい。

「お忍びのようなものだから、その派手なドレスではだめだな。とりあえず今日のところはポリーになにか借りるといいだろう」

確かにアデラインのドレスは、まるで舞台衣装のような派手さである。祭りの仮装行列でも行われていない限り、街では目立ってしまう。

「そうですね。お願いしてみます」

アデラインは昼食をいただいてから、ポリーに街歩きに馴染《なじ》む服を借りて着替えをした。支度を終えると、地味なトラウザーズとベストにシャツという姿のフレデリックが約束どおり街に連れ出してくれた。

「ラースは二重の城壁によって守られているんだ。都に比べると本当に小さいが……いい街だろう?」

「ええ……。随分と活気があるようです」

フレデリックの移動手段は馬だった。

乗馬の経験がないアデラインは、フレデリックと同じ馬に乗せてもらったのだが、じつのところ街の様子を事細かに見る余裕はまだなかった。

馬が小さな段差を越えたり、下り坂で早足になったりするたびに、思わず身体に力が入る。

「そんなに震えなくても大丈夫だ。慣れたら楽しいぞ。……このまま城壁の外まで駆けようか?」

怯えるアデラインに、フレデリックは冗談めかしてそう言った。

わずかに速度が上がるが、あくまで馬にとっては散歩程度の速さにとどめてくれている。

小さな街の外にはすぐに出られた。城砦都市から北へ向かうとウェストリアとの国境だ。

ここから馬で半日ほどの距離にある国境付近にはいくつもの小規模な砦があり、常に兵士が詰めて敵国に動きがないかを確認しているそうだ。

フレデリックが連れてきてくれたのは、手前にある川までだった。

大きな川からはいくつもの農業用水路が引かれ、ラース領全体に豊かな恵みをもたらしている。

この大河はラース領の宝であり、戦の原因でもあった。

「先の戦から一年……。今は両国とも軍の再編成を行う期間だし、気候も安定しているからしばらくは平穏が保てるだろう。できる限り長く穏やかな日々が続いてほしいものだな」

フレデリックは大河とその遥か先にあるはずの国境の方角を見つめながらそう語った。まなざしから、この地と、ここで暮らす民を守りたいという真剣さが伝わってくる。

「気候の安定が平穏に繋がるのですか？」

「ああ、そうだ。……ウェストリアがラースを支配したい理由が水源だからな。ウェストリアの南部で日照りとそれに伴う不作が続くと、戦をしてでも水源を確保したいと考えるようになる」

「なるほど、そうだったんですね」

アデラインは戦の原因については知っていたが、気候が開戦のきっかけになることまでは想像できていなかった。フレデリックの説明はわかりやすく、常に情報収集をして国境付近に気を配っているのがうかがい知れた。

「さて、次は街道も見に行くか。少しだけ速度を上げるから、怖くなったら言ってくれ」

再び馬が動き出す。

高い場所にも、馬上の揺れにも、短い時間で慣れていく。

「フレデリック様が一緒なら……大丈夫そうです。落とさないでいてくれるって信じられますから」

「そうか、ならばいい」

馬上で景色を眺めながらフレデリックとおしゃべりをするのがだんだんと楽しくなっていった。

「ほら、見てみろ。……山間の道は細く、通れる馬車の幅が制限されているし、すれ違いにも気を使う。こういう部分の整備が進めばラース領はもっと豊かになる」

フレデリックは街に行くと言っていたのに、わざわざ城砦都市の外側までアデラインを連れ出してくれた。

もしかしたら、先ほどまでアデラインが処理していた書類の参考になるようにと考えてここまでやってきたのかもしれない。

「確かに都からの旅の途中でも、馬車同士がすれ違うのに苦労していました。道が広ければ一度に多くの荷物を運べますし、移動をためらう理由が一つ減りますね」

「あぁ。資金が限られているからすべてを年内にとはいかないが、街道の整備は急務だ」

その後も農地や工場など、いくつかの場所を巡る。

フレデリックは皇子だが、領民に気軽に声をかけていた。彼の仕草は洗練されているし、話し方にも気品があるから、皆、フレデリックがそれなりに身分の高い人物であることには気づいているようだった。

しばらく畑の真ん中にある道を進んでいると、農夫たちの話し声が聞こえてきた。

「家畜が盗まれたって？」

「あぁ、ここ数日胡散臭い旅人がそのあたりを歩いていたっていうから、そいつがあやしいんじゃないかってワシは思う」

「旅人？　この先は国境しかないっていうのになぁ」

そこまで聞いたところでフレデリックは馬を止め、農夫たちに話しかけた。

「その話、詳しく教えてくれないか？　旅人とは……？」

「あなたは……お役人様ですか？」

「まぁ、そんなものだ」

さすがに領主であるという事実は隠すようだ。

「最近、多いんですよ。穀物が盗まれたり馬がいなくなったりっていう事件が。……外の人間をよく見かけるって話もありまして、そいつらが犯人かもしれないって言っていたところです」

なんだかきな臭い話だ、とアデラインは思った。

この領で旅をしている者といえば商業都市とラースの街を行き来する商人くらいだ。農夫たちの言い方からして、そんな様子ではなかったと推測できた。

ウェストリアとの国交は途絶えている状況だというのに、国境付近を旅する者にはどんな目的があるというのだろう。

フレデリックもそのあたりが気になっているようだった。

「そうか。上に報告して必要であれば見回りの兵を増やすようにしよう。ほかにも困り事があるなら地区の代表者が陳情に来るといい」

フレデリックがそう言うと、農夫たちの顔色が一気に青ざめていった。

「い……いえ！　お、恐れ多くも……領主様に不満など抱くはずもなく。……なぁ？」

「本当に、領主様はすばらしいお方ですからね！」

フレデリックは建設的な提案をしただけだ。それなのに農夫たちは必死に首を横に振り、冷や汗まで流しはじめていた。

領主――つまり、残虐皇子に意見などしようものなら、殺されてしまうかもしれないと考えているのだろうか。

（今だって、進んで民の声を聞こうとしているのに！）

アデラインは、残虐皇子の噂が民草に広まっているのだと改めて思い知らされた。

城砦で暮らし、実際にフレデリックと共に戦う兵士たちと、一般の領民とのあいだにはかなりの認識のずれがあったのだ。

「そうか……」

フレデリックもショックだったのだろうか。それだけ言って押し黙ってしまった。

「それじゃ、ワシらはこれで」

農夫たちはペコリと頭を下げて、立ち去ろうとした。

「あの！　私たち、領主様のご命令で視察をしている最中なんです」

アデラインは我慢できずに、思わず声をかけて彼らを引きとめていた。

「は、はい……？　さようでございますか……」

「ええ、そうなんです。すべての陳情を受け入れるなんて不可能ですが、意見を言っただけで捕らえられることはございません。直接お仕えする立場の私がお約束します」

悪いのは虚偽の噂を流した人間だ。

農夫たちを責めていると思われないように柔らかい口調を心がけて、どうにか誤解を解こうとした。

彼らはしばらく顔を見合わせて困惑していたが、そのうちの一人がなにか思いついたのか、ポンッと手を打った。

「そういえば、新しい領主様になってから税が少し下がったんだよな」

「だが、噂では……刃向かう者どころか味方にまで容赦がないって」

「いやいや、でもなぁ。橋も丈夫なものに変わったしなぁ……」

皇帝の直轄地だった頃も無難な管理がされていたようだが、フレデリックはラース領を豊かにするために奮闘している。違いを感じている者もいるはずだ。

(残虐だなんて。……そのあだ名はフレデリック様にとってどれほどの不名誉だったのかしら……)

彼以上にこの地で暮らしている者のことを考えている人間はいない。

やはりアデラインの悪女の噂などとは比べものにならないほど、彼についての偽りは許し難いものだった。

ああでもない、こうでもないと話し込む農夫たちから離れ、二人は城砦都市へと戻った。

途中、フレデリックが片手で手綱を握り、空いている手でアデラインを抱き寄せるような仕草をした。

「フレデリック様？　……危ないですっ！　いたずらはやめてください」

慣れてきたとはいえ、馬上は不安定なのだ。

不用意に触れられるとアデラインのほうがもじもじと身体を動かしてしまう。

フレデリックには馬を操ることだけに集中してほしいと思って、アデラインは声を上げた。

「顔が見えなくても……君が私のために怒ってくれているのがわかった」

耳元でボソリとささやかれる。吐息がかかると一気に頬のあたりが熱くなった。

「私は……当たり前のことしか……」

一応、書類上では妻だし、城砦で暮らしている者として領主の名誉を守るのは当然だとアデラインは思う。

「いいや。……ありがとう、本当に君の言葉に救われた気分だ」

フレデリックは直接仕える立場の者からは慕われている。その者たちも、目の前で大切な主人が貶《けな》されていたら憤り、フレデリックを庇《かば》うに決まっていた。

だから、アデラインのしたことは特別ではないはずなのに、フレデリックは心から感謝しているという様子だ。

（どうして……？　私が悪評が広まる前のフレデリック様を知らないからかしら？）

残虐皇子という屈辱的な名で呼ばれるようになって以降に出会ったからこそ、アデラインの言葉は救いになるのかもしれない。

だったらこれからも、アデラインは彼を励ます存在であり続けたかった。

「城砦に戻る前に、街にも寄ろう。……こんな辺境でもひととおりのものは揃うんだ。いろいろ見て回ると君の仕事にもいい影響があるだろう」

「はい、ぜひお願いします」

街を見て回るのはあくまで領主夫人として必要だからだ。それを忘れないようにしようとアデラインは心に誓う。

「ついでだが、欲しいものがあったら買ってやる」

賑やかな通りを馬でゆっくり進みながら、フレデリックが言った。

おそらく、アデラインが大して金を持っていないことを察していて、気を利かせてくれたのだ。

「ありがとうございます。えっと、そうですね。だったら、お菓子を買ってもいいですか？」

おいしそうな焼き菓子でも買って、ポリーやベンジャミンへのおみやげにするのはどうだろう。アデラインはいい考えだと思ったのだが、フレデリックの声色は不満げだ。

「いやいや、そうじゃない。もっと必要なものがあるはずだ」

お菓子がだめならば、領主夫人としての職務上必要なものだろうか。

「インクはありましたし、ペンもベンジャミンさんからいただいて……」

今度は盛大なため息をつかれてしまった。

アデラインは自分の察しの悪さに情けなくなってしまう。

「いつもの悪趣味なドレスは気に入らないから、新しいものを買おうって言っているんだ。一番問題なのは寝間着だ。あれは早急に改善が必要だろう？」

ドレスは派手だが破れているわけではないし、寝間着は大勢に見られてしまうものではないからそれでいいと思っていたのだが、フレデリックの考えは違ったようだ。

「あ、あの……。申し訳ありません」

服は本人の趣味よりも、周囲にいる者たちがどう感じるかが重要だ。

フレデリックが問題だと言っているのだから、頑《かたく》なにそのままでいいなんて言ってはいけないはずだった。

「君の趣味じゃないとわかっているんだから、謝る必要はない。……ほら、馬を下りるぞ」

フレデリックが案内してくれたのは、ラースの街で一番上等な生地を揃えているという仕立屋だった。

戦が起こる可能性のある辺境だから、好き好んでこの地で暮らす貴族はいない。

それでも軍人の中には爵位を持っている貴族がいて、その家族も城砦都市で暮らしているのだという。

この店は、そういう者たちや裕福な商人のための品物を揃えているらしい。

質素な借り物の服で入店してしまったが、従業員たちはフレデリックが何者か把握しているらしく、その連れであるアデラインも丁寧なもてなしを受けた。

ドレスを仕立ててもらうのは、悪女用を除けば十五歳の頃以来だ。店主が上質な絹の織物を次々と見せてくれたが、どんなものがいいのか見当もつかなかった。

アデラインが困惑していると、フレデリックが助言をくれる。

「この色がいい。……名前は知らないが城砦でもよく見かける花の色だ。それからたんぽぽみたいなこっちのドレスも君に似合いそうだ」

淡いピンク、ふんわりとした雰囲気の黄色……フレデリックは優しい色が好きなのだろう。

都に戻ったときのため宮廷で着てもおかしくない豪華なものを含め、いくつかのドレスをオーダーし、明日からでも着られるように既製品も二着、寝間着も三着選んで買い物は終わった。

大量の荷物はあとで届けてもらうことにして、帰りも仲よく馬に跨《また》がり城砦へと戻る。

私室にたどり着き一息ついてから、アデラインは改めてフレデリックに礼を言った。

「今日はありがとうございました。贈り物をいただけるなんて……いつぶりかわかりません」

悪意が込められた悪女のドレスや宝飾品は、数に入れたくなかった。

善意の贈り物をもらったのは、実父が亡くなってから初めてかもしれない。

悪女のドレスは気に入っていなかったけれど、生活に困っているわけでもなかった。フレデリックが新しいものを用意しようと言ってくれたのは、アデラインの心の内を察してくれたからだろう。

高価なものを買い与えられたことではなく、心に寄り添おうとしてくれたことが嬉しいのだ。

アデラインはたったそれだけで泣いてしまいそうになった。

「あれは生活必需品だ」

けれど、彼からの言葉は予想外のものだった。

生活必需品――それならば、アデラインはとんでもない勘違いをしていたのだろう。

「ご……ごめんなさい、生活必需品ですね！　私ったら、恥ずかしい」

努めて明るい口調でそう言ったが、不自然に声が震えた。

羞恥心とさびしさがズンと胸に押し寄せてくる感覚だ。

「い、いや、違うんだ。そんな顔をするな。……やっぱり贈り物だと思ってくれてかまわない」

フレデリックは気まずそうにつぶやいた。

彼の本心としては贈り物ではなかったが、アデラインが悲しそうな顔をするから合わせてくれるという意味だろうか。

「いいえ、フレデリック様が最初におっしゃった言葉が正しいはずです」

妙な気遣いはなんのなぐさめにもならないし、余計に虚《むな》しくなるだけだった。

だからアデラインは意地になる。

「わかった。それなら生活必需品でもいいが……。君はたぶん誤解している」

「誤解なんて……」

するとフレデリックが急にアデラインの手を取った。

少し荒れた指先や手の甲を撫でて温めてくれる。

「妻となる女性に初めて贈り物をするのなら、一生なくならないものがいいと思うんだ。ドレスや寝間着なんてそのうち色あせたり傷んだり、デザインが古くさくなって着られなくなるだろう?」

「確かに」

「贈り物は別に用意しているから、生活必需品だと言っている。……ただし、アデラインには似合う装いをしてほしいし、君に好意的ではなかった者から渡された服よりも、私が選んだものを着てほしいとも思っている。わかったたか?」

照れくさそうに、そう教えてくれた。

(あぁ……。この方とずっと一緒にいられたらどんなにいいのかしら……)

時々説明不足で噛《か》み合《あ》わない部分があるけれど、彼はどこまでも優しい人だ。

そして、アデラインに居場所を与えてくれる人だと改めて感じるのだった。

ただし、今の関係が長く続くかは疑問だ。なにせアデラインはフレデリックがこれから敵対するかもしれない皇太子によって送り込まれた花嫁なのだから。

◇　◇　◇

その日の晩、アデラインはさっそく買ったばかりの寝間着に袖を通した。

寝室に入り、窓辺に座るフレデリックのそばに行き、寝間着を見せた。

寝間着は清潔な白で、装飾は少なめながらも可愛らしい。首まわりは鎖骨が見える程度で胸の谷間などは完全に覆い隠されている。

今日からはガウンやフレデリックのシャツを着込んで隠さなくても大丈夫だ。

「フレデリック様、どうでしょうか。……似合いますか？」

アデラインは嬉しくて仕方がなくて、スカートの部分を広げながら彼に聞いてみた。

「あ……あぁ。今、見た。……似合っている」

フレデリックは一瞬だけアデラインに視線を向けたあと、すぐに逸らした。

ボソリと早口で似合っているとは言ってくれたが、心がこもっていないみたいだ。

「……あの、どこかお気に召さないところがございましたか？」

フレデリックの好みで選んだはずなのに、それでもまだよくない部分があったのだろうか。

胸元も隠れているし、生地は透けていない。丈も長いし、とくに問題はないはずで、どこからどう見ても貴族の女性用の一般的な寝間着だ。

けれど一瞬しか見なかったということは、あの悪女用の寝間着と大差ないという意味のような気がした。

フレデリックは黙って窓の外を眺めたまま、微動だにしない。

「フレデリック様……？」

きっと、気づかぬうちになにか彼の気に障るようなことをしてしまったのだ。

恥ずかしい寝間着から解放されて調子に乗っていたのだろうか。

「す……すまないが……やはり……しばらく寝室を分けないか？」

どうして、と叫びたくなる衝動をアデラインは必死に抑え込んだ。

寝間着が改善されたというのに、二人の距離が余計に遠ざかるのはなぜなのか。

彼は互いをよく知ったあかつきには、本当に夫婦になる可能性を示してくれた。アデラインはそれに同意しているし、少なくとも彼に好意は抱いている。

けれど、フレデリックの今の態度は、あの晩の言葉を撤回するもののようだった。

「……フレデリック様がそうなさりたいのなら、かまいません」

そう言いながら、アデラインは泣きたい気分になる。

するとフレデリックがアデラインのほうへ向き直り慌てはじめた。

「い、いや違う。そういう意味ではない！」

「え？」

部屋を分けるという言葉は、一緒にいたくない……つまりアデラインが嫌いになったという意味以外に、解釈の余地があるのだろうか。

「君の安全のために言っているんだ。この城砦内で亡霊に殺されたなんて怪奇事件は起こっていないから、私と一緒に眠るより一人のほうが安全だと思う。……察してくれ」

「この寝室に危険が⁉　それならば、フレデリック様こそ、別の場所に移るべきです」

フレデリックは困った顔をして頭を振る。

「危険なのはアデラインだけだ。……獣《けだもの》に襲われるぞ」

「獣？」

「私のことだ……。扇情的な寝間着をまとった女性が隣にいるのが問題だと思っていたのだが、そうではなかったと確信した。清楚な寝間着でも、君が隣にいると……その、私も……男だから、どうしても」

涼しい夜風に晒されていたはずだというのに、フレデリックの頬は赤かった。

それでようやく彼の真意がわかる。フレデリックは、アデラインを抱きたいという欲求に駆られているのだ。

ドクン、ドクンと心臓の音が大きくなる。フレデリックに影響されたのか、アデラインの顔もきっと色づいているのだろう。

アデラインは、初夜の儀でのフレデリックの姿を思い出していた。

最初はわざと冷たい言葉を言い放ったが、途中からはひたすらアデラインを気遣ってくれた。

初めての行為に戸惑うばかりで不安と恐怖はあったが、嫌悪感だけはなかった。

身体が熱くて仕方がなく、そして罪悪感を覚えるほどの快楽も得た。

フレデリックはもう一度、あの行為をしたいと思っているのだ。

「……私、かまいません」

気づいたら、アデラインはそう口にしていた。

自らの発言に驚くが、すぐに否定しようとは考えなかった。

「なにを言って⁉ 今の発言は取り消してくれ。……ギリギリ間に合うから」

愛情が完全には育っていないのに、あの行為が嫌ではないと感じてしまうアデラインは間違っているのだろうか。少なくともフレデリックに好意と信頼を持っていて、彼が願うならむしろ嬉しいと思う心は罪なのだろうか。

「襲ってくださっても、かまいません！」

もしこれが罪ならば、初夜の儀からすでに二人とも間違ってしまったのだから、今更だった。

「私が必死に理性を保とうとしているのに、なぜそのような……？」

「だって、寝室を分けようって言われたとき、本当は……嫌だって思ったんです。胸が苦しくて、どうしてそんなことをおっしゃるの？　って……。でも、襲うって言われても嫌じゃありませんでした。一緒にいたいって……考えるのはいけませんか？」

彼に対する好意が、あとどれくらいで完全な愛になるのかがわからない。

アデライン自身が、異性に特別な感情を抱いた経験がないからだろう。期限を決めずに距離を置けば、広まるばかりで縮まらないのではないかという不安があった。

「アデライン……」

窓辺に座ったままのフレデリックがスッと手を差し伸べてくる。

真剣なまなざしが、この手を取ったら最後だと告げている気がした。

恐怖ではなく緊張で、アデラインの指先はわずかに震えた。それでもやはり、彼から逃れたいとは少しも思わなかった。

ただ、誰かのぬくもりを求めてしまう自分が、ふしだらな女かもしれないとあきれた。

フレデリックの手にそっと触れる。すると彼はアデラインの手を握り返し、そのまま口元へ運んだ。

「たった十日しか紳士でいられなかったが、獣の己を認めよう」

軽い口づけのあと、挑発するようなわかりやすい欲望をはらんだ瞳をアデラインに向けた。

アデラインは今から、この獣に食べられてしまうのだろう。

「こちらにおいで……アデライン」

手を引かれ、ベッドに横になるようにと促される。

フレデリックはまとっていたシャツを脱ぎ捨ててから、アデラインに覆い被さってきた。

「私は……君の孤独を利用しているんだろうな。……すまない。だが……選んだのは君だ」

後悔はないことを伝えるために、アデラインはコクンと頷いた。

（それは違います。私のほうが……フレデリック様を利用して、さびしい心を埋めようとしているのかもしれないです。……私、本当に悪女だったのかもしれない……）

そんなふうに認めると、少しだけ楽になった。

フレデリックの背中に手を回す。硬いけれどぬくもりをくれるたくましい背中だ。

「キス、してもいいか？」

アデラインはまた小さく頷いてからギュッと目を閉じた。

するとすぐに唇が塞がれる。婚儀のときに一度経験していたから、とくにためらう気持ちはない。唇がくっついて、離れるだけの行為――のはずだった。

「……ん⁉　んんっ」

フレデリックはアデラインの唇をついばんで、短く何度も重ねたあとに舌を差し込んできた。

驚いたアデラインは、思わずフレデリックの胸を強く押し、彼から逃れようとしてしまう。けれどたくましい胸はびくともしない。それどころか手首が掴まれて、シーツの上で拘束された。もう、抗うことは許されないのだと教えられていく。

（こんなの……知らない……あぁ、おかしくなりそう）

時々かかる彼の吐息がこそばゆい。フレデリックのキスはひたすらに熱くて、その熱がアデラインに移ってしまう。

アデラインは口内がこんなにも敏感であるなんて知らなかったのだ。

「ふっ。……う……ん」

わずかに唇が離れた瞬間に必死に息を吸い込むけれど、整える前にまた息ができなくなってしまう。酸欠で、頭がくらくらするのに、もっと委ねてしまいたくなる。

心も、身体も、ドロドロになっていく。

これが、儀式のときになにも感じなかった唇同士を重ねる行為と同じものだなんて、信じられなかった。

フレデリックから与えられる熱に支配され思考がままならなくなった頃、ようやくキスが終わる。

アデラインは大きく息を吸って、どうにか平静を取り戻そうとした。

「あ……あの。今の、なんですか？　どうして、こんなふうに……したのか、わからなくて」

いつの間にか腕の拘束も解かれている。

アデラインは無意識に、ジンと腫れぼったくなっている唇に指先をあててみた。自分で触れてもなにも起こらないのに、彼が唇や舌で触れたところすべてがおかしいままだ。

「なにって……キスだろう？　問題でもあったのか？」

「婚儀のときとぜんぜん違って……変な感じで……」

「どう違ったんだ？　どんなふうに感じた？　ちゃんと教えてくれないと、異常があったかどうか判断できない」

フレデリックが意地悪く笑った。

アデラインの髪を弄びながら、もっと詳しく説明するようにと促す。

「フレデリック様が熱くて……私も、同じになって……心臓がドクドクして……とけてしまいそう……」

「悪くない反応だ。……あぁ、そうだ……アデラインは耳が弱いんだった……」

耳元でささやかれると、ゾクッとして涙があふれそうになる。

こそばゆくて、もどかしくて、それなのにはっきりと不快だと言って拒絶することができない奇妙な感覚だ。

アデラインは敏感な部分に触れられるのを阻止したくて、もじもじと身をよじる。けれど、彼の下で動きを制限されているものだから、なんの効果もなかった。

「はぁ……！　あぁ……耳、は……だめぇ……」

フレデリックの行動は、それだけにとどまらない。

耳たぶを甘噛みして、複雑なかたちを辿るように舌が這《は》う。それはキス以上にアデラインを翻弄する行為だった。

「ん、ん……フレデリック様、私……だめになりそうです……。普通にしていられないっ、から……あぁ！」

「べつに閨事の最中に普通でいる必要はないだろう」

「あぁっ！」

耳の付近でフレデリックが言葉を発すると、症状は悪化するばかりだ。

だめだと言いながら、やはり嫌悪感はない。手加減してほしいのか、それともおかしくなってしまいたいのか、アデライン自身もどちらが本音かわからない。

「昼間買ったドレス。首のあたりを覆い隠すデザインのものもあったよな？」

フレデリックの唇が耳からわずかに下へと移動した。

「え……え？　は、はい……」

「明日はそれを着るといい」

「どうして……？　あぁっ。あ！　くすぐったい……」

今度は首筋を舐《な》め回される。

まるで犬や猫がじゃれてくるようだった。きつく吸い上げられるとピリッとした痛みが走る。

一度唇が離れた場所がジンと疼《うず》く。

柔らかな舌の感触と強いキスの感覚が交互に襲いかかる。

首筋のあとは鎖骨のあたり……そしていつの間にか寝間着が乱されて、初夜の儀でも大げさに反応してしまった胸を同じようにされると、アデラインはもう限界だと感じるようになった。

「うぅっ。……はぁっ、ぁん。先の部分……食べちゃ、だめ……っ！　あぁ」

少しざらついた舌が桃色の突起に絡みつく。最初は慎ましく、柔らかかったその場所が、硬くなっていくのが自分自身でもわかった。

もう片方の頂は、指先でこね回されている。

ズン、ズン、と深い刺激がひっきりなしに襲いかかってきて、目が眩《くら》んだ。

アデラインにとって二度目の交わりとなるからだろうか。初夜の儀のときよりもはっきりとこれが快楽なのだと認識できるようになっていた。

ずっと続けていたら、胸への愛撫《あいぶ》だけで高みまで昇り詰めてしまいそうだ。

「んんっ。……あぁ……あぁ、あ」

身体が熱くて、奥のほうから蜜が生まれていくのを感じていた。

こんなに気持ちがいいのに、なにかが足りない……。アデラインは自分の強欲さに気づかされる。

「恥ずかしい。……でも、気持ちいい……」

たやすく感じてしまう淫らな身体が恥ずかしく、でももうやめてほしいとは思えない。

無意識のうちにそんな思いが言葉になっていた。

「アデライン、今……なんて言った？」

フレデリックがわずかに顔を上げ、手の動きが止まった。

腹を立てたり嫌悪したりという様子ではない。だからアデラインは正直に自分の欲望を口にする。

「さわってもらったところが……全部、気持ちよくて……おかしくなりそうです。フレデリック様……やめないで……」

「もっとしてほしい？」

「……は、はい」

「正しい反応だ。……胸が好きなのか？　ほかには？　どこに触れられたいんだろうか？」

まだ足りないと感じるのは、すでに快楽の頂を経験しているからだ。胸だけでも十分気持ちがいいのに、貪欲な身体は早くあのくるおしいほどの心地よさが欲しくてたまらなくなっている。

けれど、そこに触れられたいと口にするのはためらわれる。

本当にはしたないことである気がした。

「フレデリック様……もっと……」

それだけ言うのが精一杯だった。

フレデリックは一応納得してくれたのか、小さく笑ってからアデラインの乱れた寝間着に手をかけた。

「その姿……とても可愛らしいから脱がしてしまうのはもったいないが、もっと……なんだな？」

さらに快楽を得たいなら、生まれたままの姿になる必要があると言われている気がした。

丁寧な動作で、フレデリックはアデラインの寝間着を剥ぎ取っていった。続いて、自らのトラウザーズも脱ぎ捨てて、二人とも一糸まとわぬ姿となった。

「あぁ……フレデリック様、の……」

初夜の儀でも目にしているもののはずだが、やはり太く長さもあって凶器みたいだった。軍人である彼の裸体は欠点など一つもないと思えるほど美しいものだ。よく見ると戦いの中で負ったのかうっすらと傷跡があるが、それすらも勇ましさの象徴でしかない。

だからこそ、いきり立つ男の部分はかたちも歪《いびつ》で、彼には不釣り合いに思えた。

「まだ……挿《い》れない……。大丈夫だ。今夜はできる限り優しく抱くから。……アデライン。脚を開いて、よく見せるんだ」

彼が見せろと命じている部分がどこであるかは、不慣れなアデラインにもわかっていた。

初めてではないのだからと言い聞かせても、やはり羞恥心が込み上げてくる。

それでも、今夜抱かれることを望んだのはアデラインのほうだから、従順でいなければならない。

はしたない格好を進んで取ることは試練だったが、震える脚をどうにか動かした。

「……いい子だ。こんなに濡らして……」

「ううっ」

視線でも言葉でも、責められている気分だった。

アデラインはギュッと目を閉じて、フレデリックがどんな表情を浮かべているのか見ないようにした。

太ももが押さえ込まれ、なぜか内股のあたりに吐息を感じた。

「え……なにを!?」

焦って目を開いても、もうすべてが遅かった。

フレデリックはよりにもよって不浄の場所に顔を寄せて、そのまま唇を落としたのだ。

「ひっ、あああっ！」

全身に力を入れないと耐えられないほどの衝撃が駆け抜けた。

フレデリックを傷つけてしまうかもという気遣いをする余裕がなくなるほど、脚をばたつかせ、手で彼の頭をどかそうと必死になった。

「やめて……ください。なにをして……っ！　あぁ、嫌、それは……嫌なの……っ！」

今夜はアデラインのほうから願ったのだから、拒絶する権利などないはずだった。

その覚悟がどこかに吹き飛んでしまった。

「舐めないでっ！　おかしくなる、恥ずかしい……あぁ！　耐えられない……っ」

言葉でも動作でも、どれだけ抵抗してもフレデリックはなにも言わず、その行為に没頭している。

クチュ、クチュ、という水音はアデラインの身体からひっきりなしにあふれてくる蜜だろうか。フレデリックがそれを積極的に舐め取っている。

どうしてそんな行為が許されるというのだろう。

「だめ、だめ……本当に……あぁ、あ！　んっ、ん」

舌が敏感な淫芽をついばんでいる。

節のある指が膣《ちつ》の中に入り込み、蜜を掻《か》き出す。

汗と涙が噴き出してきて、身体が熱くて仕方がない。

「来ちゃう……っ。だめなのに……恥ずかしい、のに……私、もう……」

舌がうごめくたびに、やり過ごすことができないくらいの快楽が押し寄せて、もはやどうにもならなかった。指で内壁の弱い場所を押されながら、淫芽を強めに吸われた瞬間、アデラインはあっけなく絶頂を迎えた。

「あ、あああぁっ！」

気を遣《や》ったのは初めてではないが、到底自分の頭では処理できないほどの衝撃だった。

もうキスは終わっているのに、絶頂はずっと続いている。

アデラインは肩で息をしながら、シーツを握りしめ、どうにか身体を落ち着かせようとした。

「……フレデリック、さま……私……っ。ごめんなさい……」

彼の唇を濡らしているのは、きっとアデラインからあふれ出した体液だ。

濡れて、艶《なま》めく唇がいっそう美しいからこそ、アデラインにはその事実が耐えられない。

フレデリックを汚してしまったのだと思った。

「感じやすいのは悪くない。……むしろ、喜ばしい」

「でもっ」

せめてなにか顔や手を清める布がないだろうかと、アデラインはベッドの周囲を探る。

適当なものを見つけられないうちにフレデリックが覆い被さってきて、アデラインの行動を阻む。

「いいから……集中して。まぁ、余所見《よそみ》なんてできなくなるだろうけど」

花園に硬いものが押しつけられている。

「あぁ……フレデリック様の……あたって……」

それは十日前に痛みを与えた凶器だ。

もう破瓜《はか》の傷は癒えているけれど、二度目なら大丈夫という保証はなく、アデラインは身構えてしまう。

都合が悪くなったときだけ拒絶するなんてできないから、恐怖を抑え込むために彼にしがみつく。

「痛ければ素直に言ってくれ」

「んん！」

男根が一気に押し入ってくる。大量の蜜が助けとなって意外にもすんなりと受け入れることができた。

けれど、アデラインの意識はそれを異物と認識している。

ヒクヒクと内壁が震え、どうにか彼を追い出そうとして力んでしまう。

「ほら、奥まで挿《はい》った……。大丈夫か？　嘘はだめだぞ」

「痛く、ないです……。でも、お腹の中……いっぱいにされて……あぁっ、ん」

わずかでも、動かれると身構えてしまう。

アデラインはそのたびに彼に抱きつく腕の力を強め、縋《すが》った。

「だめだ、アデライン。頼むから力を抜いて。……そうでないと、いろいろ困るから」

「ご……ごめんなさい……！　どうしたらいいのか、わか……らない……っ、ん」

どうやっても奥深くまで入り込んだ男根を意識してしまう。フレデリックを煩わせているのはわかっているから、アデラインは途方に暮れた。

もっと、知識と経験が豊かだったらよかったのだ。

するとフレデリックがアデラインの背中に手を回し、予告なく引き上げた。

「きゃぁっ！」

身体は繋がったまま、向かい合わせで座る姿勢を取らされた。

「……キスは嫌じゃなかったんだよな？」

すぐに唇が塞がれたせいで、返事もできなかった。

舌が入り込んでくると、下腹部ばかりに集中していた意識をどこに向けていいのかわからなくなる。

口内を侵される心地よさは今日知ったばかりだというのに、もう夢中になっていた。

「ん……んっ、ん」

フレデリックの舌の動きを追っていると、自然と身体から力が抜けていく。

アデラインはそうしろと教わったわけでもないのに、自らも舌を突き出して、積極的に絡めに行った。

キスはどんどん激しく、そして心地よさも増してしまう。それで、自分の行動が間違っていないのだと確信した。

アデラインの身体がすっかりとろけてしまった頃を見計らい、フレデリックがゆるやかに腰を動かしはじめた。

柔らかな臀部を両手で支え、わずかに持ち上げては落とすという動きが繰り返される。

自然とキスは終わってしまったが、アデラインは先ほどまでよりも力まずにいられた。

「あぁ……私の中で……フレデリック様のが……っ」

繋がりが一番深くなると男根が最奥まで届く。

少し苦しいけれど、徐々にそれだけではなくなっていくみたいだった。

内壁が押し広げられて、奥を穿《うが》たれ、しばらくすると引いていく……一定の律動で続けられると、苦しさと異物感はなくなり、ただ敏感な場所をこすられる奇妙な感覚だけに支配されていく。

「うぅっ、あ……あぁん」

淫芽をいじられたときほどはっきりとはしていないが、似たようなものが生まれている気がした。これも快楽なのだろうか。

わからないが、もっと追い求めたくなる。アデラインは無意識に目を閉じて、フレデリックにギュッとしがみついた。

「ん……んっ、あっ」

「アデライン？　……甘ったるい声だ。もしかして感じて……？」

「わからない……です。……あぁっ。でも深い、ところ……変になって……」

「奥が好きなんだな……ほら、たくさん突いてやる」

アデラインが苦痛を感じていないと知るやいなや、フレデリックの突き上げが激しくなった。

「あ、あっ、あ……」

初夜の儀のとき、挿入はただ痛くて苦しいだけのものだったのに、どうしてこんなにも簡単に変わってしまうのだろう。

アデラインは自分の身体がとびきり淫らに造られているのではないかと不安になった。

こんなことでは、いつかフレデリックに幻滅されてしまう。

「突くたびに蜜が滴《したた》ってくる……ここがいいのか？　感じているんだな？」

結合部から発せられる淫靡《いんび》な音で、アデラインもそんなことはわかっていた。

指摘され、それが快楽を得ている証拠であるとはっきり言われると羞恥心でおかしくなりそうだ。

「嫌、なの……気持ちよくなってしまうの……恥ずかしくて、嫌……っ、あ！　もっとゆっくりじゃないと……ゃぁ……」

そんな言葉で彼を止めることはできない。

「大丈夫だ。……感じているのは私も同じだから……恥ずかしくなんてない。もっと、だろう？」

「ふっ、はぁ……あぁっ」

フレデリックが本気の抽送を始めた。

アデラインにはもう、なにかを主張する隙さえ与えられていない。フレデリックに翻弄され、彼の一部になっていくみたいだ。

繋がっている場所からは、確かに快楽を得ている。

彼は感じているのは同じだと言った。この感覚をもし共有しているのだとしたら、それは恐れることではないのかもしれない。

彼と同じでいられることは、きっとアデラインの喜びになる。

「気づいているかっ？　アデラインも、腰を揺らして……。ああ……最高だ……」

「わからない……なにも、わからなく……なって……」

時々意識を飛ばしてしまいそうな中で、アデラインはフレデリックの姿をぼんやりと眺めていた。

苦しげな表情を浮かべながら、アデラインのすべてを貪り尽くそうとしている。

荒々しい呼吸を隠そうともせずに、獣のような獰猛《どうもう》さでアデラインを揺さぶり続ける。

普段は理性的な青年が、見る影もない。

彼は今、この行為に夢中になっているのだ。そしてアデラインの心は、そんな彼を眺めながら昂《たかぶ》っている。

「くっ、もう……もたない……」

低い声でそう言ってから、フレデリックが急にアデラインを押し倒す。

勢いよくシーツに背中を預けた直後、アデラインの身体に衝撃が走った。

「ここ。さわってやるからアデラインも達って……」

中を穿つ動きはそのままに、フレデリックの指先が淫芽に触れたのだ。

「はぁっ！　ぁん、あぁぁっ。……そこ、弱い……ところ……だ、だめ！」

すぐにビリビリとしているのに甘ったるい感覚に全身が支配されていく。

するとこれまでふんわりとした予兆しか感じ取れなかった男根がもたらす快楽も、よりはっきりとしたものに変わっていった。

淫芽も身体の内側も……フレデリックが与えてくれる刺激のすべてが気持ちよくて仕方がない。

「フレデリック、さまっ。……だ、だめ……私、あぁっ、あ……」

「だめなものか……！　達け、達っていいっ」

フッと身体が浮き上がる気がした直後、猛烈な快楽がアデラインに襲いかかった。

絶頂の最中でもおかまいなしに、フレデリックがアデラインの中を穿ち続ける。

「あぁぁっ！」

腰骨のあたりががっちりと押さえ込まれているせいで、どうあっても彼から逃れられない。

過ぎた快楽のせいで、ひっきりなしに涙がこぼれた。

「……あぁ、私も……」

恐怖を感じるほど激しく腰を使っていたフレデリックの動きが急に止まった。

ドクン、と勇ましい剛直が脈打って、直後に温かいものを放つ。

「……あぁ、私の、中……」

これが本来初夜の儀で行うべきことだったはず。まだ、互いの愛情が育つ前であるとわかっていたが、後悔は少しもなかった。

むしろ、これからも彼の隣にいていいのだと思うと、喜びしかない。

「はぁ、はぁ……。すまない、もっと優しくしてやりたいのに……」

優しくできない理由が、この行為に夢中になりすぎて余裕を失っていたせいだというのならそれでかまわなかった。

アデラインも一緒だった。このまま溺れてなにも考えないでいられたらと願ってしまう。

「フレデリック様……。こっちに来てほしいです……」

謝る必要などないと伝えるために、アデラインは手を伸ばし、彼を引き寄せた。

フレデリックはすぐに応えてくれる。身体はまだ繋げたままで、抱き合いながら、甘ったるいキスが始まった。

相変わらずぼんやりとした頭で、アデラインは今が幸せで、できることならこの幸せが長く続けばいいと願っていた。

第四章　新婚生活に水を差す来訪者

それから四ヶ月のあいだで二人は急速に距離を縮めていった。

アデラインのほうは領主夫人として役立とうととにかく努力を続け、フレデリックはそんなアデラインにいつも労《いたわ》りの言葉をくれた。

朝と夜はできるだけ一緒に食事をとるようにして、毎晩同じベッドで眠る。

城砦内を散歩して、建物の隅にひっそりと咲いている花を観察する機会もあった。

「……そうそう、この花だ」

フレデリックが建物の壁のすぐ横に膝をついて、薄いピンクの花を指先で軽くつつく。

「可愛いですね」

一国の皇子にして将軍という立場にふさわしくない素朴な一面を見せてくれるのは、アデラインが彼にとって近しい存在だという証明のようだ。

ドレスを仕立てたときにフレデリックが好きだと言っていた野花は、どこにでも咲いているありふれた花だった。

本当に、ほとんどの者が気づかずに通り過ぎてしまう程度の小さな存在を、彼は気にしてくれる。

そういうフレデリックの素朴な人柄を、アデラインは好ましいと感じるようになっていた。

「身を屈《かが》めないと観察できないのが残念だが、自然に咲いているのがいいんだ」

花びらの数は五枚で、葉は手のひらのように広がっている。抜いてしまったらすぐに萎《しお》れてしまうだろうから、アデラインもしゃがみ込んで同じ花を観察する。

自然と距離が近くなり、目が合ってしばらくすると互いに気恥ずかしくなってわずかに離れた。

書類上では夫婦であり、すでに身体も結ばれている。それなのに昼間だけ二人とも急に初心になってしまうのはどうしてなのだろうか。

誰かに恋心を抱いた経験のないアデラインは、自分の心さえきちんと把握できないのだった。

そんなこそばゆい距離感での散歩を終えてから、アデラインは植物に関する本で花の名前を調べてみた。

「風露草《ふうろそう》……というのね。詳しい品種はわからないけれど」

花と葉の特徴から、野花の名前はすぐにわかった。

色は薄いピンクから濃いめの赤まで様々で、暖かい季節に咲く花だ。けれどこの国で見られる風露草は二十種類を超えるため、調べられたのはそこまでだった。

それでも、彼の好きなものをまた一つ知ることができたというだけで、アデラインは嬉しくなる。

（私のこの気持ちは、恋心なのかしら？）

時々肌を重ねると、フレデリックの情熱を感じられた。身体から先に結ばれてしまった関係は間違っているのかもしれないが、アデラインはそれでいいと思っている。

正しい人の愛し方なんて、誰にも教わってこなかったのだから。

ある日、アデラインが執務室で手紙を書いていると、フレデリックがやってきた。

「あんまり根を詰めすぎるなよ。……ほら、今日は商人との話し合いで外に出ていたから、みやげを買ってきたんだ」

「クッキーですか？　おいしそうです」

アデラインは一旦ペンを置いて、ポリーにお茶を用意してもらった。

フレデリックと一つのソファに並んで座り、午後のティータイムを楽しむ。気を利かせてくれたのか、やがてポリーは退出し、二人きりだ。

クッキーに合わせるのなら、砂糖はひかえめのほうがいいだろうか。

「これ……紅茶の葉っぱが入っているんですね。とてもおいしいです」

「私は甘すぎるものは得意ではないが、このクッキーはおすすめだ」

「フレデリック様のお気に入りのお店だったんですね！」

お気に入りを共有するというのは、なんだかくすぐったく感じた。

「まあな。ところで手紙を書いていたのか？」

アデラインは頷く。ここに来てからすぐに、昔の友人三人に対して手紙を出した。二週間ほどでそれぞれから返事があり、以降何度かやり取りをしている。

一往復ではわからなかったのだが、今日の午前中に届いた手紙で、ようやく彼女たちと疎遠になった経緯の全貌が見えてきた。

「結局、お義母様とリネットが原因だったみたいです。フレデリック様の予想どおりでした」

途中経過はすでにフレデリックには伝えていたが、改めて振り返ってみる。

数年ぶりに手紙を書いて知ったのは、友人が文をくれなくなったというアデラインの認識が間違っていたことだった。

友人のうちの一人は、アデラインの実父の葬儀が終わって一ヶ月くらい経ってから個人的な茶会などへのお誘いの手紙を送っていた。

それに対するアデラインの返事は……。

『喪中だというのにお茶の席に誘うだなんて！　あなた、常識がないのかしら？　金輪際顔を見せないでちょうだい』

というものだったらしい。

もちろん、アデラインには友人からの手紙を受け取った記憶はない。当然、自分が書いたという返事の内容にも心当たりはなかった。

当時、屋敷に届けられた手紙は使用人が選別していた。義母が指示していれば、アデライン宛ての手紙を奪うことなど簡単だったのだ。

デリンガム帝国では、家族が亡くなったら年が明けるまで喪に服すのが常識だ。

そのあいだ、舞踏会などの華やかな場所への参加は遠慮し、結婚などの慶事も延期するのがふさわしいとされている。

けれど、友人と会って、お茶を飲みながら近況を報告するというささやかな楽しみまで制限されるわけではない。

友人の認識では、アデラインが一方的に絶縁宣言をしたにもかかわらず、数日後にまるでそれを忘れたかのようなのんきな手紙を送りつけてきたというのだ。

(二通目の手紙は……私が本当に書いたものだわ)

確か、いろいろ聞いてもらいたい話があるから一緒にお茶会でもしましょうという、誘いの手紙を出したのだ。

絶縁宣言の直後にそんな手紙が送られてきたら、相手が送り主の身勝手さに腹を立てるのは当然だった。

この件は、当時親しくしていた残りの二人にも共有され、一緒に憤っていたらしい。

だから、ほかの友人からの返事もなかったのだ。

友人たちは、実父を失ったアデラインの心が不安定になってしまったのだと感じていたようだ。

それでも彼女たちは、もしアデラインから失礼な手紙を送った件についての謝罪があれば、許すつもりでいてくれた。

けれど一向にそんな気配はなく、しばらくするとアデラインが素行不良であるという噂が流れはじめた。

友人たちは、アデラインが本当に変わってしまったのだと思い、関係修復を諦めた。

あの頃、アデラインのほうも令嬢とは到底言えない姿を友人に見せることをためらうようになっていた。

結果、ケイティやリネットの思惑どおり、アデラインは貴族との繋がりを失ったのだ。

「私の事情……というか、言い分は理解してくれたみたいです。ただ、三人とも四年以上経ってから送られてきた今回の手紙こそが真実だなんて、簡単には思えないそうです。今更言い訳なんて……という雰囲気でした」

過去のやり取りが間違っていて、今が正しいという証明はできていない。

それに大人になっているはずの彼女たちの交友関係は、すでにアデラインなしで完成しているのだ。

真相はどうであれ、積極的にもう一度付き合いたいとは思っていないのかもしれない。

「結局、つらい思いをさせただけだったか……すまない……」

「いいえ！　嫌われた理由がわかって、なんだかすっきりしました。後悔はしていません」

人に嫌われることにも、勇気が必要だ。

そして、傷ついたときに寄り添ってくれる誰かがいてくれたら立ち直りが早くなるのだと知ったのは、フレデリックに出会ってからだ。

「君は、とても強いな……」

「フレデリック様が一緒にいてくださるからです。……最後に私からもう一度だけ手紙を出すつもりです。年始めの行事では、顔を合わせる機会があるかもしれないから、そのときに本当の私を見てほしいって」

悪女の噂を払拭する手段は見つからないままだが、アデラインは前向きだった。

「あまり無理はしないようにな。……少し調べたんだが、過去の噂の真偽については君の義母や異母妹が勝手に証明してくれる可能性が高いはずだから」

「それはどうしてですか？」

「都の様子について配下の者にいろいろと探りを入れさせているんだが、ヴァルマス伯爵家の者たちはそのうち自滅するだろう」

フレデリックは人の悪い笑みを浮かべた。

「……もしかして散財ですか？　皇太子殿下からかなりの支援を受けたと聞いていましたが、たった四ヶ月ですよ？」

天災が続いた領地の支援という名目の金を、義母たちが使ってしまう予想はついていたし、義父にもその件は忠告しておいたが無駄だったのだろうか。アデラインはあまりの早さにあきれた。

「己の欲を満たすために借金を作る種類の人間は、手にした金によってさらに欲望を肥大化させていくものだからな。……それに、ヴァルマス伯爵家の令嬢は、どんどんと社交界での評判を落としているらしい」

「異母妹は、可愛らしい顔立ちですし、人気があるものだとばかり思っておりました」

リネットは少し思い込みが激しく自信家ではあるものの、女性として魅力的だ。

令嬢として外に出かけることがなかったアデラインだが、リネット宛てに茶会や夜の舞踏会への招待状がひっきりなしに送られてきているのは知っていた。

毎度、ドレスを着せるのはアデラインだったから、リネットがどれくらい誘いを受けていたのかも当然知っている。

男性からの贈り物が届いたことも一度や二度ではない。

屋敷の中ではともかく、社交の場では礼儀正しい令嬢でいたはずだった。

「君の異母妹は『悪女な姉のせいで苦労ばかりしている健気《けなげ》な薄幸の令嬢』だったそうだ」

「健気な、薄幸……？」

外向けの顔があるのは、決して悪ではないはずだ。それでもアデラインは、自分の知る異母妹には似合わない言葉を聞いて、ぽかんと口を開けてしまった。

「例えばだが、ヴァルマス伯爵家があまり裕福ではないという事実は社交界で知られていただろう？　それなのに異母妹が毎度豪華なドレスを着て舞踏会に出席したら、皆はどう思う？」

「……そうですね……身の程をわきまえるべき、と思われてしまいそうです」

貴族の令嬢にとって条件のいい結婚相手を見つけることは大変重要だ。

自分をよく見せるために社交の場では着飾る必要があるのだが、限度がある。自領の財政がおもわしくないにもかかわらず、贅沢三昧《ぜいたくざんまい》だったら顰蹙《ひんしゅく》を買うだろう。

けれどアデラインにはわからない部分があった。リネットは流行に敏感で、かなりの頻度で新しいドレスを仕立てていて、それを着て外出していた。

以前は通用していたことが、今になって問題になるのはどうしてなのだろうか。

「君の異母妹は『姉がサイズの合わないドレスを購入し、気に入らないから捨てようとしていたものを直した』と説明していたらしい。姉のせいで好きなドレスを作れない……と嘆いて、付き合いのある男にドレスを贈らせていたのも一度や二度ではないそうだ」

そういえば屋敷に届けられたリネット宛ての贈り物の中にはドレスもあり、毎回それを自慢してきたことを今更ながらアデラインは思い出す。

「なるほど……その説明なら、散財したのは私であって、リネットはなにも求めず、姉の不要品をもらっているだけの慎ましい女性になれますね」

「ドレスの件だけではなく、君の異母妹は自分を輝かせるための闇として『悪女アデライン』という虚像を創り上げたんだろう」

悪女の噂は、単純にアデラインを社交界に出さないようにするための理由付けだと思っていたのだが、それだけではなかった。リネットは、アデラインという闇がそこにあるのだと皆に示すことによって、相対的に自分を光り輝く存在に見せていたのだ。

「……我が異母妹ながら、なかなかの策士です」

ケイティとリネットのどちらが主体となって行っていたのかはわからないが、彼女たちにとってアデラインの悪女設定は一度で二度おいしいものだった。

「感心している場合ではない！　君は被害者だぞ」

フレデリックはあきれていた。

「そうでした、ごめんなさい。……でも……悪女の汚名をそそぐことが私にとって一番重要というわけではないと……そう思うんです」

「重要ではないとは、どういう意味だ？」

アデラインは、皇太子の発言から自分が悪女と言われている事実を知った。

最初は実感が湧かなかったが、ケイティやリネットが流した噂のせいで義父に信用されず、望まない結婚を強要され、さらに友人も失っていたのだとわかり、傷つき、憤りも感じるようになった。

血の繋がりというアデラインにはどうにもできない理由で虐げられたのなら、義母たちには罰を受けてほしいとも思っている。

ただ、今のアデラインにはそれよりも優先すべきことがある。

「ここでの暮らしが一番大切だと……思っています。悪評の払拭は幸せになるために必要ではありますが、復讐《ふくしゅう》を最終目標にしてはならないって……そう考えているんです」

領主が残虐、夫人が悪女では、領民たちに申し訳がない。

アデラインはラース領でフレデリックたちと穏やかに暮らすために、二人の名誉を回復し、皇太子や義母をどうにかしたいのだ。

だからこそ、怒りや憎しみという負の感情だけに囚われてはならないと思っている。

「それは少し間違っているな」

「え？」

フレデリックならそういう前向きな考えに賛同してくれると思っていたのに、違ったのだろうか。彼とアデラインでは抱えているものの重みに大きな差があるのだと当然理解しているつもりだった。

彼は命をかけてデリンガム帝国の兵や民を守ってきたプライドを持っている。

誰よりも人命を犠牲にしないために尽力してきた彼への冒瀆《ぼうとく》とも言えるあの悪評を消し去り、名誉を回復することこそ、彼のすべてなのだろうか。

アデラインは不安になり、おそるおそるフレデリックの表情を確認しようとしたのだが……。

「ここでの暮らしではなく、私との暮らし……にしてほしいんだが？」

そう言って、彼がアデラインをギュッと抱きしめた。

「あ、あ……あの⁉」

「ほら、言ってみるといい」

距離が近すぎて顔が見えないが、怒っていないとわかる。

アデラインは戸惑いながらも一生懸命に心の内と向き合った。

城砦での暮らしを大切にしたいと思っている。

ポリーやベンジャミン、城砦内に住む者たちにも好意を抱いている。ただ、彼らはフレデリックに仕える者たちであり、場所はどこでもかまわない。

アデラインがずっとここにいたいと感じている世界の中心は、やはりフレデリックだった。

悪女の噂を信じず、居場所を与えてくれた人だから特別に想《おも》うのは当然だ。

例えば、ほかにも平穏をもたらしてくれる人がいたら、彼でなくてもいいのだろうか。

（違う。私は、フレデリック様と一緒にいたいんだわ）

もし、もっと豊かで安定した暮らしが約束されていたとしても、フレデリックと一緒にいるときに感じる胸の高鳴りのほうがきっと大事だ。

だからアデラインも負けじと腕に力を込めて、フレデリックにくっついた。

「フレデリック様……。私、こうしているときが一番幸せで、一番大切です」

「あぁ……そうだろう。私も同じだよ。……だから、君に贈り物がある」

「贈り物……」

上機嫌のフレデリックは優しくほほえんでから、どこからか小さな宝石箱を取り出した。

「ほら、手を出して」

「は、はい！」

箱の中に納められていたものは指輪だった。彼はアデラインの左手を取ると薬指に銀色に輝く指輪をはめてくれた。

「もしかして結婚指輪ですか？」

フレデリックが小さく頷く。

「正確なサイズを知らなかったから、直しが必要かもしれないと心配していたのだが、どうやらちょうどいいみたいだ」

繊細な銀の台座に、透明感と輝きが美しい水色の石。……それを囲むように小さな深い青の石が散りばめられている指輪だ。

「ええ、ぴったりです。……水色はフレデリック様の瞳の色でしょうか？」

だとしたら寄り添う青い石はアデラインの瞳の色に似ていた。

フレデリックは答えてくれなかったが、少し頬を赤らめている様子からアデラインの推測が間違っていないと察せられた。

「さほど大きな石ではないが、水色の石はブルーダイヤ、青はサファイアだ。……私のほうも邪魔にならないものだが対となるものを用意してある」

フレデリックの左の薬指をよく見ると、指輪をしていることに気がついた。

アデラインがつけているものよりも太く、その代わりに石は小さく、一粒だけだった。

（……フレデリック様の指輪はサファイア……つまり私の色を身につけてくれているの……？）

しばらくそれぞれの薬指で輝く指輪を眺めていると、フレデリックがまた抱きしめてきた。

ただの好意と愛情の境目は結局わからないままだ。

けれど彼のぬくもりがかけがえのないものだと感じている心を否定してはいけない。アデラインの居場所はここなのだ。

だんだんと心臓の音がうるさくなって、それを知られることが恥ずかしくなる。どうしていいのかと戸惑ってもじもじとしていると、フレデリックがわずかに腕の力をゆるめた。

身体が離れたのは、きっとキスをするためだ。

顎に指先が添えられる。けれど無理矢理持ち上げられはしなかった。おそらく、アデラインのほうからキスを求めろというサインだ。

アデラインは彼を引き寄せるようにしながら、ゆっくりと唇を重ねた。

すぐにふんわりとした心地よさが襲ってきて、それに支配されていく。この行為は、慣れることはあっても飽きることなどないのかもしれない。

「……んっ」

今は執務の合間の休憩時間なのだから、これ以上先に進んではいけないはずだ。

けれど、フレデリックの手が背中や臀部を撫ではじめるから、どうやって終わらせていいのかがわからなくなる。これは彼の意地悪かもしれない。

(今、やめないと……抗わないと……)

そう思うのに、あと少しだけこうしていたいという欲求が抑えられなかった。

きっとフレデリックも同じように感じているのだろう。

そんな時間を壊したのは扉を三回打ち鳴らす音だった。

「殿下！　こちらにいらっしゃいますか？」

補佐官ベンジャミンの声だった。いつも穏やかな口調で話す彼が、めずらしく焦った様子だ。

フレデリックは舌打ちをしてからアデラインから離れていく。

「なんだ⁉」

「至急お伝えしなければならないことがございます」

「入っていいぞ」

何事もなかったかのようにきちんと座り直してから、フレデリックはベンジャミンの入室を許可した。

「失礼いたします。……じつはたった今、ヘレナ・グラフト公爵令嬢がいらっしゃいました」

「ヘレナだと？　来るという連絡があった……ではなく、すでに来てしまった……というのか？」

それは、以前アデラインが仕分けした手紙に記された名前だった。綺麗な青い花柄の便せんが印象的で、秘《ひそ》かに気になっていた相手だ。

「さようでございます」

「また勝手な……。仕方がない、すぐに行くから適当にもてなしておけ」

「かしこまりました」

ベンジャミンは仰々しく礼をしてから部屋から立ち去った。

(なんとなく、困ってはいるけれど受け入れているとも取れるような？　……名前で呼んでいるみたいですし、親しい方みたい……)

都にあるタウンハウスで暮らしていても、誰かの屋敷に訪問するのであれば事前に約束をするか、緊急時でも先触れを出すのが当たり前だ。

そういう礼儀を守らなくていいのは、家族同然の間柄に限る。

アデラインは心の中にもやもやとしたものが溜まっていくのをはっきりと感じた。

「……グラフト公爵令嬢？」

「私の母……もう亡くなっているが皇后陛下の生家がグラフト公爵家なんだ。まぁ、いとこで幼なじみというやつだ」

「そうだったのですか」

やはり、相当親しい関係だ。以前、手紙を目にしたときもわずかに感じたが、アデラインの中にあるこのもやもやとした感情は、おそらく嫉妬なのだろう。

フレデリックに出会うまで、異性に特別な好意を抱いた経験がなかったアデラインだから、自分の中にこんな思いがあることすら知らなかった。

ヘレナとはまだ顔すら合わせていないというのに、フレデリックとの甘い時間を邪魔されたというそれだけで、すでに負の感情を抱いている。

アデラインは、自分の性格が急に悪くなってしまった気がして困り果てた。

（いけないわ。……出会って四ヶ月しか経っていないのに……こんな気持ちになるなんて……）

フレデリックにはアデラインと出会う前の二十六年の人生がある。アデラインが彼や彼の交友関係について知っていることなんてほとんどない。

「どうかしたのか？」

「い、いいえ……なんでもありません」

アデラインは大げさに頭を振って、芽生えた負の感情を懸命に追い出した。

「仕事の邪魔をしてすまないが、少しだけ付き合ってくれ。紹介しないわけにもいかないだろうから」

フレデリックはそう言ってから、アデラインに手を差し出してくれた。

その手を借りてソファから立ち上がり、彼のエスコートで歩き出す。そして城砦内の応接室で客人と対面することとなった。

(この方がヘレナ・グラフト公爵令嬢……)

ヘレナはふわっとした金色の髪を持つ、愛くるしい女性だった。年齢はアデラインとそう変わらない。

大きな目に、小さな唇、鼻はひかえめながらも高く、かなり整った顔立ちをしていた。

そして、旅をしてきて到着したばかりとは思えないほど煌びやかなドレスをまとっている。

昼間だというのに完璧なボディラインを作り、支えてあげないと折れてしまいそうな繊細さを演出していた。彼女の近くには侍女や見目麗しい私兵がひかえていて、ヘレナだけが一人優雅に座っている。

まるで、物語の中に出てくるお姫様を現実に持ってきたみたいだった。

「ヘレナ。なぜ勝手にこんなところまでやってきたんだ?」

「あら、フレデリックお兄様。わたくし、きちんとお手紙を出しましたわ。遊びに行きたいって」

「断ったはずだ」

フレデリックは少々あきれた様子だ。ヘレナのほうはそんな彼の態度を気にする素振りを見せずに、咲いたばかりの花のような愛らしい笑顔のままだった。

「はい。戦は終わったとはいえ、『ラース領は都ほど安全ではないから来るな』って書いてありましたね」

「それならなぜ？」

「大丈夫ですわ！　二十人の私兵を連れてまいりましたし、侍女やメイドも同行させております。辺境でも問題なく過ごせるはずです」

安全上の理由で断られたから、護衛を同行させれば問題がないというのが彼女の理屈らしい。

フレデリックは目をぱちくりとさせたまま、唖然《あぜん》としている。

（ど……どうしましょう？　三十人くらい、かしら。そんな人数をどうやってもてなせば？部屋やシーツは足りるかしら？）

アデラインが最初に考えたのは、城砦内の予算管理に携わる者としての懸念事項だった。

壁際のほうへと目配せをすると、ベンジャミンやポリーと目が合う。おそらく彼らも同じことを考えているのだろう。引きつり笑いを浮かべていた。

「それよりフレデリックお兄様。わたくし、アデライン・ヴァルマス伯爵令嬢に会いたいの。どちらにいらっしゃいますの？　挨拶をいただきたいわ」

「彼女は伯爵令嬢ではなく、第二皇子の妃だ。……妃殿下と呼ばれる立場の人間だぞ」

「まぁ！　わたくし、フレデリックお兄様にだって『殿下』なんて敬称を使っていないのにおかしなことを言わないで。……お兄様の結婚相手ならばわたくしの家族も同然でしょう？　早く連れてきてちょうだい」

アデラインは彼女を台風の目のような女性だと感じた。

嵐を巻き起こすのに、彼女が立っているところだけは無風なのだ。会話を交わす前から、すでに苦手なタイプという気がしてならなかった。

ハァ、とため息をついてから、フレデリックがアデラインの腰にそっと手を添えた。

「では紹介するが、彼女が我が妃アデラインだ」

「お初にお目にかかります、アデラインと申します」

アデラインが淑女の礼をして挨拶をすると、ヘレナがキョトンと可愛らしく首を傾げた。

「……あなたが百年に一人の悪女さんですの？　フフフッ、嘘よね？　お兄様ったら、おもしろい冗談を考えるのね！」

口元を手で隠しながら、クスクスと笑いはじめる。

アデラインは先ほどから、ずっとフレデリックの隣にいるのだ。服装も使用人とは違うと一目でわかるはずなのに、妃以外のなにに見えていたのか。

「ヘレナ、無礼だろう。彼女が正真正銘、本物のアデラインだ」

「だって。酒樽のような体型の女性だって聞いていたのよ？　……ごく普通の令嬢が出てきたら、驚くのは当たり前でしてよ」

「……はぁ、本当に君は……。まぁ来てしまったものは仕方がない。滞在は許可するができるだけ早めに帰ってくれ。最近不穏な話もあるから危険だ」

結局フレデリックは、我が道を行くヘレナの希望を叶えることにしたらしい。

厳しい一面もあるがお人好《ひとよ》しな部分もあるフレデリックだから、貴族の令嬢を見捨てるはずもないのだが、アデラインは一度追い出した負の感情が再び自分の中に戻ってきたのを感じていた。

「フフフッ、やっぱりフレデリックお兄様はお優しいですわね！」

フレデリックの言葉を受けて、ヘレナは初めてソファから立ち上がり、いきなりフレデリックに抱きついた。

「……やめろ」

フレデリックはスッと身を退いてヘレナから距離を取る。

「あら、わたくしは妹みたいなものでしょう？　恥ずかしがらなくてもいいのに。お兄様ったら相変わらず照れ屋さんね」

「そんなんじゃない。常識をわきまえろと言っているんだ」

諭すような口調だが、怒ってはいない。

フレデリックはヘレナの強引さに困ってはいるものの、完全に拒絶しているというわけではないような印象だった。

（……本当に仲がいいのかしら？　手間のかかる妹分、みたいな……）

アデラインには仲のいい兄なんていないから、彼らの関係がよくあるものなのかわからなかった。ただはっきりと、フレデリックには触れてほしくないと感じた。

「常識？　はいはい、わかりました。……それでは、アデライン様もよろしくお願いしますね」

「こちらこそ、よろしくお願いいたします」

アデラインは少々不自然になりながらも笑顔を作る。

ヘレナを苦手に思ってしまう根本に、醜い嫉妬があるという自覚を持っていたから、それをどうにか悟られないようにしたかったのだ。

「アデライン。面倒をかけてすまないがよろしく頼む」

フレデリックは困った顔をしながら笑った。

幼なじみで今でも交流を持ち続けているのだから、きっと長い付き合いで築き上げてきた関係というものが彼らのあいだにはあるはずだ。

それを知り合ったばかりのアデラインが崩すようなことがあってはいけない。

挨拶が終わってから、アデラインとベンジャミン、そして城砦内の使用人たちは三十人の滞在者のために奔走することになった。

ヘレナは本物のお姫様だった。

皇族とも血縁関係にある公爵令嬢だからだろうか。かろうじてフレデリックだけは目上の者だという認識でいるようだが、それ以外の人間に対しては、自分に仕えている者という扱いをする。

アデラインに対してもそうで、けれど悪気が一切ないのが伝わってくるためになにも言えなかった。

結果、アデラインとベンジャミン、そしてポリーたちメイドはその日一日大忙しだった。

翌日、アデラインはヘレナからの呼び出しを受けた。

「出向く必要はありませんわ！　お茶会への招待、ですって？　アデライン様はこの城砦の女主人にして皇子殿下のお妃様なのですよ！　なぜお客様が勝手に茶会を主催して、女主人が参加者になるのでしょうか」

図々《ずうずう》しいにもほどがある、とポリーは怒ってくれた。

彼女も身分は大きくことなるがフレデリックの幼なじみだ。ヘレナとも親しくはないが面識はあるという関係で、ポリーはどうやらヘレナをおもしろく思っていないらしい。

「でも、断るわけにはいかないわ。私、正式なお茶会を開く作法を知らないので、こちらから招待できませんし……。それに、フレデリック様からもヘレナ様の面倒を見るようにとおおせつかっているのだから」

「面倒を見ろではなく、面倒をかけてすまない……とおっしゃっていたんですよ！　アデライン様はお人好しすぎます」

年上で頼りがいのあるメイドのポリーが頬を膨らませている。

そういう姿がめずらしくて、アデラインはつい彼女の頬をツンとつついてしまった。

「とにかく、招かれたからには断るなんてできないわ。……大丈夫です。ヘレナ様だってずっとここで暮らすわけじゃないんですから」

「そうかもしれませんが、でも……」

アデラインは怒ってくれる人がいるから頑張れるのだ。

百年に一人の悪女という悪評をヘレナはよく知っていて、少なくともここに来るまで信じていたであろうことは重々承知だった。

それでも、ヘレナがフレデリックにとって本当に妹のような存在だとしたら、彼女にも認めてもらいたいという思いもある。

交流する機会を拒絶するなんて、やはりよくない。

そんな決意で、アデラインはヘレナのいる客間を訪ねた。

「ようこそ、アデライン様」

ヘレナが過ごしているのは、城砦内の空き部屋の中で一番広く豪華な部屋だ。

テーブルには焼き菓子やティーカップが用意されている。ヘレナはこの日もソファにゆったりと座ったまま、アデラインを出迎えた。

「お招きくださって、ありがとうございます」

「ほら、こちらに座ってちょうだい」

ヘレナに言われたとおり、アデラインは向かいの席に腰を下ろした。

騎士が五名、メガネをかけた侍女、メイドが二人――いずれも、アデラインへの敵意を隠さない者ばかりがこの客間にひかえている。

アデラインのすぐそばにはポリーがいるのだが、人数があまりにも違いすぎて勝てそうもない雰囲気だ。

先ほどはああ言ったものの、アデラインはすでに帰りたくなっていた。

「アデライン様とはゆっくりお話をしてみたかったの。じつは……わたくし、あなたの異母妹のリネット様とお友達でして、百年に一人の悪女についていろいろうかがっていたのよ」

無難な話題で探りをいれるということは一切せず、ヘレナはいきなり悪女の話を始めてしまった。

(はっきり言ってくださるほうが、やりやすいかもしれないわ)

アデラインは言葉遊びや駆け引きが苦手だから、好都合だ。

「つまらないお話を聞かせてしまい、申し訳ありませんでした」

「リネット様、何度もあなたにいじめられて泣いていたのよ。大好きなフレデリックお兄様がそんな女性と結婚したっていうものだから、わたくしもう……心配で心配で」

ヘレナは頬に手をあてながら本気で瞳を潤ませている。

すでに噂と見た目が違うと承知のはずだが、それでも彼女はまだアデラインが悪女だと信じているのだ。

アデラインは一度姿勢を正し、言葉を選びながら説明を始める。

「百年に一人の悪女……というのは、恥ずかしながら義母と異母妹が私を社交の場に出さないために広めた嘘で、事実無根なんです。ヘレナ様はなにも心配なさる必要はありませんわ。……ですから、異母妹がつまらない話を聞かせたことについてはお詫び申し上げます」

落ち度があるのは自分ではなくリネットだという点を強調しつつ、アデラインはもう一度謝罪の言葉を口にした。

「そうなのかしら？　本当に……？」

戸惑っているのか、ヘレナはそれきりしばらく黙り込む。

すると彼女の背後にひかえていた侍女がコホンと咳払《せきばら》いをする。

三十代くらいに見える侍女は、お目付役だろうか。昨日からずっとヘレナに近い場所を陣取り、随行者の中でも特別主人からの信頼が厚い人物であることが態度から伝わってくる。

そして、アデラインに対し、最もわかりやすい敵意を向けてくる相手でもあった。

「……アデライン様。主人に代わり質問をさせていただきます。あなた様の悪評が嘘であるという証拠はあるのでしょうか？」

侍女はまるで裁判官のようだった。

「私は流された噂のすべてを把握しているわけではないのですが……。例えばそうですね、ヘレナ様は社交界で私を見かけたことがございますか？」

「ありませんわ」

ヘレナはアデラインの外見すら知らなかったのだから、質問するまでもない。

「そうでしょうね。私は、社交界デビューすら許されていなかったんです。当然ですが、ドレスを買い漁るのも無理でしたし、男性と知り合う機会も皆無でした」

「でも、それは……アデライン様があまりに横暴だから、ご家族が社交の場に出るのを禁止したって……。リネット様から直接うかがったので、間違いないはずですわ」

これは、いずれ都に戻り、社交界で悪女の噂を払拭するためのいい予行練習になるかもしれない。

「……そういう設定みたいですね。ですが、散財や殿方との逢瀬《おうせ》、家族への暴言暴力は止められないのに社交の場に出ることだけは制止できていたなんて、おかしいと思いませんか?」

「それは……確かに変ね」

社交界でアデラインの姿を見た者はいない。

噂を聞いた者は、自分以外の誰かは実際にアデラインの姿を見ていると思っていたかもしれないが、結局どこで散財していたのか、誰と遊んでいたのかという部分を説明しようとすると話が矛盾してしまう。

ドレスや宝飾品を買い漁っても、それを身につける機会がないのだ。

そしてヘレナがリネットと交流があるなら、もっと簡単に嘘の証明ができる。

「ヘレナ様は私の見た目が酒樽だとおっしゃいましたが、その話もリネットから聞いたのですか?」

「……どうだったかしら。確かリネット様が素敵なドレスをまとっていらしたときに、そんな話をしたような気がしましたけれど……」

ヘレナは首を傾げたり、瞳を閉じたりしながら過去の記憶を辿っている。

アデラインは出会って早々彼女に苦手意識を感じているのだが、ヘレナという女性には裏表がなく、悪い人でもないのはなんとなくわかっていた。

「確か……アデライン様が細みのドレスを買い漁り、サイズが合わないと怒り狂って不要なドレスをリネット様に押しつけた……と。そうおっしゃっていたわ」

予想どおりの答えだ。

リネットは、財政難にもかかわらずいつでも新しいドレスや宝飾品を身につけることを正当化するために「姉の散財のせい」と吹聴《ふいちょう》していた。

この件はちょうど、フレデリックから教えてもらったばかりだった。

又聞きではなく直接酒樽だと聞いていたなら、嘘の証明は簡単だ。

「私……リネットより痩せているんです。背もやや低いので、私が着られないものはリネットにも無理でしょう。酒樽ではないのはご覧になったらわかりますよね？」

リネットは理想的な体型をしていて、アデラインのほうはやや痩せ気味だった。

アデラインはこれまで使用人と同じ扱いを受けていたうえに給金すらもらえず、自由なお金も時間もないという生活を送ってきた。

なんでも好きに食べられる立場のリネットと、体型に差が出るのは当然だ。

「でも、なんでそんな嘘を？　……なにか意味があるものなのかしら？」

「恥ずかしながら伯爵家は財政難でして、おそらく実子にだけお金をかけるために私を悪女にしたのでしょう」

ここはせめて病弱という設定にしてくれたならばよかったのにと、アデラインが強く思っている部分だ。

「そんな……」

酒樽ではないアデラインがここにいる以上、リネットから直接聞いた言葉に嘘があるとこれで証明できたはずだ。

騎士やメイドたちが困惑し、顔を見合わせている。侍女だけは先ほどから変わらず、ずっとアデラインをにらんだままだが、それ以上の追及はなかった。

悪女の話をしたのなら、アデラインには一つ、ヘレナたちに言っておかなければならないことがある。

「ヘレナ様にお願いがございます」

「なにかしら？」

「……悪女の噂が嘘であるという事実は、内密にしていただけませんか？」

ヘレナが都に戻りこの件を広めてしまったら、ケイティやリネットがなにか対策をしてくるかもしれない。

それに、皇太子が次の陰謀をくわだてる危険性が高まる。

アデラインはこのラースの地でいい領主夫人になるために努力をしていて、それが敵の耳に入る可能性はもちろんあった。

それでも、公爵令嬢ヘレナの社交界での影響力を考えると、できる限り口止めしておきたいというのがアデラインの本音だ。

「なぜ？　堂々と訴えるべきではないのかしら」

やはりなにかやましいことがあるのでは……と再び疑惑の目が向けられた。

「いずれはそのようにするつもりです。ですが、ご存じかもしれませんがフレデリック様と私の縁談は皇太子殿下のご希望でしたから……」

皇太子とフレデリックは同母の兄弟だ。

二人の母である亡き皇后の出身がグラフト公爵家なのだから、ヘレナと皇太子もいとこ同士となる。

だからアデラインはどこまで正直に告げていいのかわからず、言葉を濁した。

「あぁ、そうね。わたくし、ランドンお兄様は嫌いなの。フレデリックお兄様とわたくしの仲をいつも引き裂こうとするのよ。アデライン様がフレデリックお兄様と結婚したのも、ランドンお兄様の嫌がらせなのでしょう？」

幸いにして、ヘレナは皇太子のことを毛嫌いしているようだった。

体調を崩しがちな皇帝に代わり公務をこなす皇太子について、堂々と嫌いだと言ってのけるのだから、ヘレナは大物だ。

「はっきり申し上げるのははばかられますが」

「わかったわ。仮にアデライン様のおっしゃっていることが正しいのであれば、ランドンお兄様がお怒りになって、別の方法でフレデリックお兄様をいじめるのね？」

「はい、フレデリック様のために、どうかお願いいたします」

うんうん、とヘレナは何度も頷き、この件に関しては納得してくれた様子だ。

彼女はなんでも素直に口にしてしまう性格のようだが、それでもフレデリックが危険に晒される場合は自重してくれると信じたい。

「でも困ったわ……。わたくし、本当にどうすればいいのかしら？」

フレデリックの結婚相手が噂どおりの悪女ではなかったという証明はできたはずなのだが、ヘレナにはまだ納得できないなにかがあるみたいだ。

「聞いてくださる？　フレデリックお兄様とわたくしは昔から本当に仲がよく、小さな頃からお互いを結婚相手として認識していましたの。お父様は時期を見定めたいとおっしゃっていて……」

「そう……だったのですか……」

いきなり城砦に押しかけてきても受け入れてもらえたのだから、二人が親しい関係であるとわかっていた。

それでも、互いを結婚相手として認識していたという言葉が、アデラインに衝撃を与える。

ヘレナがフレデリックを慕っているのは誰が見ても明らかだが、フレデリックもそうだったのだろうか。

（そういえば、理想の結婚相手は国家権力から遠い者だとおっしゃっていたわ。ヘレナ様は公爵令嬢……もしお二人の縁談がまとまっていたとしたら、フレデリック様だけではなくヘレナ様まで危険に晒されていたはず……）

考えてみると、フレデリックは冷たい態度を取りつつも、結局はヘレナの願いを聞き届けている。

あれは本当は好意を持っているのに、あえてそれを隠しているようにも思えた。

「わたくしはお父様の説得を続けていたのだけれど……お兄様は戦で大変な失策をしてしまったでしょう？　それでお父様は益々後ろ向きになってしまって」

「失策……ですか……？」

フレデリックの失策とはなんだろうか。

戦が終わって以降もラースの地に留まり、皇太子に陰謀を巡らせる隙を与えてしまったことくらいしか思いつかない。

「勝つために平民の犠牲は仕方のないものだとわたくしは理解しているわ。お兄様を責めるつもりはないの。けれどそのせいで、お父様はほかの男性との結婚を考えなさいなんておっしゃるし、お兄様も婚約に消極的になってしまって……すべてわたくしのためだとわかっているけれど……悲しい話ね」

アデラインは軽い憤りを覚えた。

ヘレナはフレデリックとの親密さを語っているのに、皇太子が流した噂を信じているみたいだった。

多くの味方が血を流しても、それが勝つためだったのなら仕方がない。そういう策を執ったフレデリックを許すと言っているのだ。

アデラインもラース領に来るまでフレデリックの噂を信じていたのだから、憤る権利などきっとない。

けれど、ヘレナが本当にフレデリックを慕っていて親しい関係にあったというのなら、噂の真偽くらい確かめてから発言するべきだと思ってしまう。

（誤解を解いたほうがいいはず。……でも……）

このときのアデラインは迷っていた。

もしヘレナがこの件をフレデリックに直接話してしまったら、いったいどうなるのだろうか。親しい者に誤解されていると知ったら、彼は深く傷つくだろう。それなのに、否定の言葉が出てこない。

「どうなさったの？　アデライン様……なんだか顔色が悪いわ」

「え……ええ。大丈夫です」

「そう？　……じつはね、わたくしお兄様をお救いするためにお父様や皇帝陛下にお願いをするつもりだったの……。でも悪女じゃないならどうすればいいのかしら？」

「そ……それは……なんというか……」

もう半分うわのそらで、アデラインはヘレナの困り事に親身になってあげられる心の余裕を

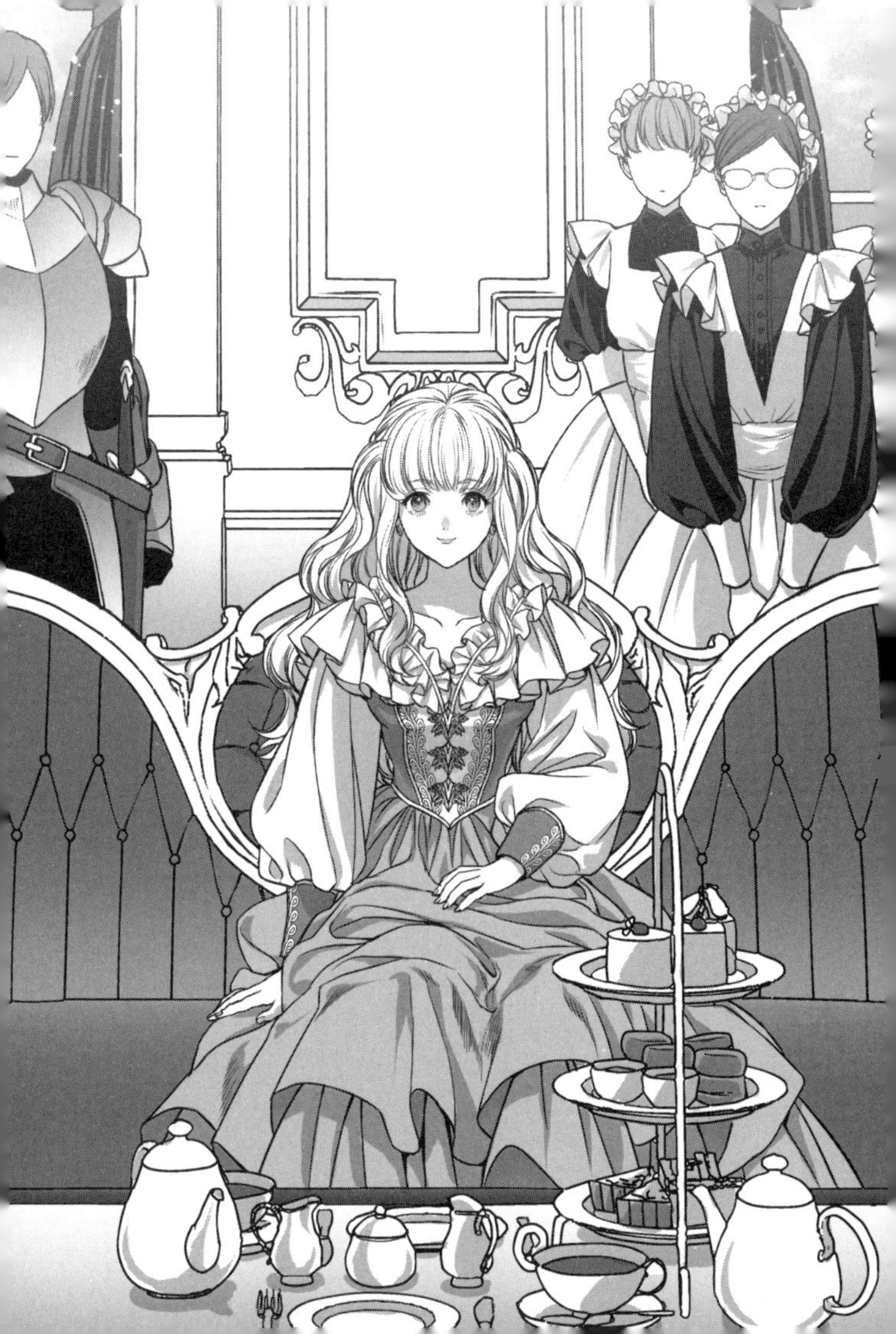

失っていた。

ヘレナのほうもほかに質問がなかったらしく、これからラースの街へ買い物に行くのだと言い出し、アデラインはようやく彼女から解放された。

私室に戻った瞬間に、一気に疲労が押し寄せてくる。ソファでぐったりとしていると、ポリーが冷たい果実水を持ってきてくれた。

「ありがとう」

一気に飲み干せば、少しだけ冷静になれた気がした。

「やはり出向くべきではありませんでした。悪女じゃないならどうすれば……って。さっさと都へ帰ればいいでしょうに」

「……そうね」

「アデライン様？」

反応が薄かったせいか、ポリーがアデラインの顔を覗《のぞ》き込《こ》んできた。

「……ポリー。私、とても卑怯なことをしてしまったかもしれないわ」

「堂々となさっていたと思いますが」

「私自身の噂については強く否定したのに、フレデリック様の悪評を信じているヘレナ様を放置してしまったの」

誤解したままならフレデリックはヘレナを疎むかもしれない。

彼がアデラインだけをより特別に想ってくれる……自分の中にそんな打算がある気がした。

「そんなことを気にされていたのですか⁉」

「だって……自分がとても嫌な人間になっていた気がして」

するとポリーは大げさに首を横に振る。

「あの方は、ご自分でフレデリック殿下と大変親しい仲だとおっしゃっているわけですし、誤解を正されたいのなら、殿下自身がなさいます」

「そうですけど……」

「アデライン様は、殿下の奥方様でいらっしゃいます。なにも不安に思われる必要はございませんよ。なんでも殿下に相談なされればいいのです」

そんな言葉で励ましてくれる。アデラインは、ポリーのことを使用人というより姉のような存在だと感じはじめていた。

◇◇◇

それから一週間後。ラースの城砦には以前よりもピリピリとした空気が漂うようになっていた。

四ヶ月前から領内で不審な者の目撃情報があって、フレデリックも注視していたのだが、最近彼らが集団となり北の森を根城にしていることが判明したのだ。

一度、小さな村がならず者の襲撃に遭い、備蓄してあった穀物が奪われるという事件が発生していた。

捕らえられた数名について調査をすると、彼らが都で罪を犯し服役していた前科者であると判明した。

巧妙にも、ならず者たちはラース領ではなく隣接した領に拠点を置いている。

森の境は見えないけれど、他領で、しかも山を越えたらウェストリアという面倒な場所に住み着かれてしまい、フレデリックの権限では手を出せなくなってしまった。

当然、隣の領主に対処または討伐許可を求めたのだが、今のところいい返事はもらえていない。

隣の領主はラースが兵を動かすことによって、ウェストリアを刺激してしまうことを危惧し、慎重に行動すべきという主張をしているのだ。

けれど本音は、襲撃を受けたのはラース領だけで、今のところ自領には被害がないため、自領から兵を出して対処したくないし、ラース軍にも入ってきてほしくないといったところだろう。

現在ラース領が打てる対策は、見回りの兵を増やし、牽制によって村が襲われる事態を未然に防ぎ、ラース領内に入ってきたならず者を速やかに捕縛する、という対処のみだ。

そのためフレデリックは、軍幹部たちとの打ち合わせや見回りで城砦を空ける機会が多くなっていった。

アデラインのほうも、とにかく領主夫人としての仕事を覚えようと必死だったし、時々ヘレナに呼び出されることもあり、毎日がせわしない。

就寝前にはその日の出来事を報告し合い、朝食もできる限り一緒にとるようにしているが、フレデリックと二人きりで過ごせる時間が減っている現状を、アデラインは少しさびしく感じていた。

（国境を守るだけでも大変なのに、ならず者が入り込むだなんて。こんなときにわがままを言ってはいけないわ）

できれば多忙な彼にやすらぎを与えたいと思い、アデラインはヘレナ一行への不満を口にできなかった。

ヘレナという女性は悪い人ではない。

とにかく純粋で、一緒に過ごせば過ごすほど、悪意を持っていないことがわかっていく。

ただ、フレデリックとの昔の思い出を熱心に語られると、アデラインは嫌な心地に支配されてしまうのだった。

この日も、急に招かれたお茶の時間に、ヘレナがこんなことを言い出した。

「わたくしね、この城砦で暮らすお部屋まで決まっていたのよ。青い花柄のカーテンのお部屋で、可愛い子犬を飼うつもりだったの」

叶わなかった夢を語るヘレナにつられて、侍女やメイドたちまで涙ぐんでいる。

「そう……だったんですね……」

結婚にアデラインの意思などなかったのだが、なんだか加害者になった気分だ。

「もちろんあの部屋がアデライン様のものだってわかっているから安心して……」

そう言いながらも表情は悲しげで、とても安心していい雰囲気ではなかった。

(あの部屋……? 私たちの私室のことかしら。青い花柄ではないけれど、ヘレナ様好みに模様替えをするつもりだったってこと? ……あまりいい気分ではないわ)

夫婦の私室について、本来ならヘレナが暮らすべき部屋だったという主張をされたら憤っていい気がした。

けれど、この空間にはとても文句を言えない雰囲気が漂っている。

ポリーはなんでもフレデリックに相談すればいいと言っていたけれど、自分の狭量で醜い部分をさらけ出すことをためらい、やはりアデラインはなにも言えないのだった。

ヘレナから解放されてから、アデラインが午後の時間を執務室で過ごしていると、フレデリックがやってきた。

「アデライン、この書類なんだが……」

フレデリックが持ってきたのは、来年度ラース領が負担する軍の駐留費用についての予算案だった。

アデラインは急ぎ、書類を読み進めていく。

都には軍の総司令部があり、予算案はそこから提示されたものだ。

デリンガム帝国軍の最高責任者は皇帝である。そして体調を崩しがちな皇帝に代わり、総司令部で大きな権限を持つのが皇太子だ。

実戦経験が少なくても、皇太子は実質的なデリンガム帝国軍のトップであり、予算についても彼の意思が大きく反映される。

そのため北の国境警備について、ウェストリアからの侵攻に耐えられる程度の嫌がらせを受ける場合があった。

「兵士の給金について内訳を変更する……？」

「これまで軍の予算から出ていた給金を引き下げて、同等の金額を地方配属手当とし、ラース領の負担に変える……ってことだな」

ラース領の財政を圧迫する狙いがあるのは明らかだった。

「断れますか？」

「無理だろう。この時期に人員削減を強要されなかっただけでも、よしとしなければならない」

下手に抗議をして、だったら兵士の数を減らしてしまえという命令が下る展開を、フレデリックは恐れている。

そうであれば、アデラインがやるべきことは決まっていた。

「かしこまりました。……そうしましたら、私とベンジャミンさんの仕事は、ラース領としての予算の見直しですね？」

「理解が早くて本当に助かる」

フレデリックがアデラインの左手に触れた。

薬指で輝く指輪を撫でられると、気恥ずかしさで顔が赤くなり、彼のほうを見られなくなった。妻としてよくやっているという労いの意図がこそばゆさから伝わってくる。

「アデライン、少し顔を上げて」

上げたらどうなるのだろうか。嫌ではないけれど、職務の最中にキスをしたがっているみたいで慎みがない気がした。

「夕方までの活力になるから、悪いことじゃないだろう？　……ほら、顔を上げて」

適度な休憩や癒やしは、決してさぼりではないと主張されたら、拒絶の理由がなくなる。

アデラインが勢いよく顔を上げると、フレデリックの少し赤くなった顔がばっちりと見えた。

「フレデリック様、私……」

けれど、二人の唇が重なる前に、カツカツという足音が聞こえ出し、そこでフレデリックの動きが止まった。

「またか！　……最近、邪魔ばかりだ」

小さな舌打ちと一緒に、手が離れていく。

同時に扉をノックする音が響いた。

「フレデリックお兄様、こちらにいらっしゃるのでしょう？」

許可を出す前に勢いよく扉が開き、ヘレナが入ってきた。

執務机の前に座るアデラインと、すぐに触れられる距離に立っていたフレデリック。二人の姿を目にした瞬間、可愛らしい頬が盛大に膨らんだ。

「ずるいですわ。せっかくラースまで旅をしてきたのに、フレデリックお兄様はアデライン様ばっかりにかまって！」

「私たちは仕事をしているんだ」

フレデリックは置かれていた書類を手にして、トントンと机の上で整えた。

直前まで仕事とは言えない行為をしようとしていたため、その動きはどこかぎこちない。

「結婚しても、わたくしとお兄様が兄妹同然であることには変わりないはずなのに」

「いや、変わるだろう？　実の親兄弟だって大人になれば関わり方が変化するのだから」

「そんなに冷たいことをおっしゃらないでください。わたくし、悲しくなってしまいます」

ヘレナはフレデリックが持っている書類をジロジロと見ていた。本当に仕事をしていたかどうかの確認だろうか。

「とにかく私たちは忙しいんだ。……邪魔をするなら都に帰ってくれないか？」

「邪魔なんていたしません。そうですわ！　……わたくしがお仕事を手伝ってさしあげます。そうしたらフレデリックお兄様もお暇《ひま》になって、わたくしとお茶の時間を過ごしてくださるでしょう？」

それからヘレナは、アデラインの仕事を無理矢理手伝いはじめた。

けれど、このときアデラインが最優先でしなければならなかったのは予算の見直しだ。ヘレナは複雑な計算は苦手らしく、まず計算の仕方を教えるというような状況になってしまった。

「計算、書類の整理……？　資料を取りに行く……？　もっとわたくしにふさわしい仕事はございませんの？」

アデラインも、フレデリックやベンジャミンから教わりながらなんとかこなせている状況だ。それなのに即戦力を期待するのは間違っているのだが、さすがにヘレナの発言には気が遠くなりかけた。

結局、半日経っても任せられそうな仕事は見つからず、見かねたフレデリックが強引に彼女を追い出した。

（それでも、フレデリック様はヘレナ様には特別甘い気がする。……やっぱり昔はお互いに結婚相手として認識していたから？）

フレデリックの態度から、二人が対等な恋人同士という関係だったという感じはしない。

どうしても気になってしまうアデラインだが、彼にヘレナのことをどう思っているのかなんて聞けるはずがなかった。

フレデリックは誠実な人だから、彼の過去を問《と》い質《ただ》すような真似をしてはいけない気がした。

◇　◇　◇

（うぅ……ヘレナ様のお世話、来年度の予算……それから……）

昨日、ヘレナに仕事を教えていた影響もあり、この日のアデラインはとくに忙しくしていた。

昼間のうちに片づけてしまいたい書類が山積みで、目にしただけで気が滅入りそうになる。

時々ポリーが温かい紅茶をいれてくれたり、ベンジャミンがチョコレートの包みをそっと差し出したりしてくれる。

二人に支えられ、アデラインは集中して執務机に置かれた書類の山と闘っていた。

それなのに、けたたましいノックの音が、アデラインの仕事を妨げる。

「アデライン様、こちらにいらっしゃいますか⁉」

キーンとした高い声は、おそらくヘレナに仕えている侍女のものだ。

彼女は許可を得ないまま扉を開くと、執務机を前にして座っていたアデラインに詰め寄った。

「……アデライン様は大事な執務の最中ですぞ」

ベンジャミンがアデラインを庇う位置に割り込んだ。

扉のほうからヘレナに仕えている私兵やメイドがなだれ込んでくる。ポリーがそれを食い止めようとして、尻もちをついてしまう。

「ポリー！」

「……だ、大丈夫です」

彼女はすぐに立ち上がり、再び侵入者に挑もうとした。

「やめてください！　ポリーは下がっていて」

このままではポリーが怪我をしてしまうかもしれない。

「ラース城砦で暴力行為に及ぶなんて、いったいどういうことでしょう⁉　……ヘレナ様の責任問題になりますよ」

生まれた身分は公爵令嬢のヘレナのほうが上かもしれないが、アデラインは領主夫人で、第二皇子の妃でもある。

この場で一番身分の高い者が混乱を収めなければならないはずだと考えて、堂々とした態度を心がけながら無礼者を咎めた。

（だ、大丈夫……。いくらヘレナ様の後ろ盾があったとしても、彼らが第二皇子の妃に暴力を振るうことなんてできるはずがない……）

本来男性に立ち向かう強さなど持っていないアデラインは内心泣きたい気分だったが、どうにか己を鼓舞するために立ち上がる。

「アデライン様。ネックレスをどこにやったのですか！」

敵意剥《む》き出《だ》しの侍女が、挨拶もしないままそう告げてきた。

「……ネックレス……？」

「お部屋から、ルビーのネックレスが消えたのです！　あなた様以外に手癖の悪い者がいらっしゃるとでも？」

つまり、侍女や私兵たちは、アデラインが盗みを働いたとして問い詰めにきたのだ。

（百年に一人の悪女には盗み癖もあったのね……）

どうしたものか……とアデラインは首を傾げた。ひとまず論理的に説き伏せるしか道はないのだが、相手に聞く耳があるとは到底思えない。

仮にアデラインが悪女だったとしても、皇子の妃に堂々と嫌疑をかけて、不敬罪を恐れる様子がないのは不自然だ。

とても嫌な予感がした。

「私の悪評は、不仲の義母と異母妹が流した嘘です。……ヘレナ様も信じてくださったと思っていましたが、残念ですね」

「ヘレナ様は関係ありませんわ！　純粋なお方だからこそ、家族の悪口をためらわず口にするあなたのような人間まで信用してしまうのです。ですから、お仕えしている私たちがあのお方を守らなければならないのです！」

アデラインは深くため息をついた。

家族は自分では選べない。本人にはどうにもならない理由で疎まれていたのに、どんなに酷い扱いを受けても褒め続けなければならないのだろうか。

第一、侍女の理論はよく考えたら破綻している。

「でしたらリネットこそ……社交の場で私が悪女だと吹聴していたようなのですが、家族の悪口を言う私の異母妹は、信用できるのでしょうか？」

この指摘には、侍女側の人間であるはずの私兵も顔を見合わせていた。

「……っ！」

侍女の顔が一瞬にして真っ赤に染まった。ギュッと握った拳を震わせてアデラインをにらみ続けているが、反論はない。

しばらくの沈黙のあと、私兵を掻《か》き分《わ》けるようにして新たな人物――ヘレナが姿を現した。

「お騒がせしてしまってごめんなさいね、アデライン様」

「ヘレナ様。……あなたの側仕えたちが突然押しかけてきて、ネックレスがなくなったと騒いでいるのですが、どういうことかご説明いただいてもよろしいでしょうか？」

「グラフト公爵邸では一度も盗難被害になんて遭ったことがないの。だから、わたくしの侍女や側仕えが犯人ということはあり得ないでしょう？　それでね、侍女がどうしても納得できないと言うから……今、あなたの部屋を調べさせていたところなの」

ヘレナは堂々と言ってのけるが、それはつまり、彼女たちが領主夫妻の部屋に勝手に入ったということになる。

アデラインは、侍女たちの無礼について主人であるヘレナに説明を求め、改めさせようとしたのだ。

ヘレナまでもが同じ方針で動いていたことに驚き、言葉も出なかった。

「客人であるあなた方に捜査の権限などありませんよ！」

ポリーが強く抗議したが、ヘレナにはまったく響いていないようだった。

身分としては第二皇子の妃であるアデラインのほうがヘレナよりも上と言えるのだが、ヘレナ自身がそうは思っていないため、私兵までもがアデラインを下に見ている状態だ。

悲しいことに、どんなに不敬であっても今のアデラインには、彼らを制止する力がない。

「許可なく立ち入ったことは申し訳なく思いますが、結果的にこれでよかったのですわ」

ヘレナが後方に目配せをすると、キラキラと輝くネックレスを掲げるように持ったメイドが、サッと前に進み出た。

「あなたのお部屋で見つかったのよ」

「なにを言って……」

「こんなネックレスくらい、欲しいとおっしゃってくだされば、さしあげましたのに」

ヘレナは本気で傷ついている様子だった。

（なくなったと騒ぎ立てて、見つけてきたなんて言われても……）

無茶苦茶な理論だった。

余計なことまでなんでも話してしまう性格のヘレナだから、人を罠《わな》に嵌《は》めるようなことなどしないような気がしていたのだが、アデラインが甘かったのだろうか。

「ヘレナ様……なにかの間違いです。私は人のネックレスなんて欲しがりません」

アデラインは左の薬指で輝いている指輪に触れた。

フレデリックが贈ってくれた特別な指輪があってこんなにも満たされているのに、他人のものを盗む必要なんてどこにもない。

瞳を潤ませているヘレナを慰めながら、ついには侍女が追及を始める。

「では、なぜアデライン様のお部屋からネックレスが見つかったのですか？　きちんとご説明いただきませんと！」

紛失してから見つけるまで、すべて自分たちで終わらせたなどという捜査方法は一般的に認められない。

それはもちろん、アデラインもわかっているのだけれど、事件そのものがヘレナ側の悪意ある捏造だと言い切るのは少し軽率だった。

この場に集まる人の数に差がありすぎて、身の危険を感じるからだ。

「ほら、反論できないじゃありませんか。やはりヘレナ様のネックレスを盗んだのでしょう？」

「なにを騒いでいるんだ？」

そのとき、フレデリックが執務室に入ってきた。

「フレデリックお兄様！　大変ですわ。……アデライン様がわたくしのネックレスを盗んだのです……。やはり、お兄様は結婚なんてするべきではなかったのですわ」

ヘレナがフレデリックに駆け寄って、縋りつくようにしながら訴えた。

「状況がわからない。詳しく説明してくれないか」

「はい。わたくしの大切なルビーのネックレスがなくなってしまったのです。わたくしに仕える者がそんなことをするはずはありませんから、犯人は城砦側の誰か……だと思いましたの」

「そ、そうか……。それで？」

時々ハンカチで涙を拭いながら、ヘレナは話を続ける。

「アデライン様があやしいって皆が言うものですから、わたくしとメイド、それから私兵で領主夫人のお部屋を探したのです。そうしたらネックレスが……」

「領主夫人の部屋で見つかったというのか？　……それは明らかに不自然だな」

ヘレナの説明にフレデリックが何度も頷き同意を示した。

先ほどから、やたらと距離の近いヘレナを避ける様子もなく、フレデリックは熱心に話を聞いている。

なによりアデラインとはまともに目を合わせてくれない。

（ヘレナ様のおっしゃったとおりの状況なら、あちら側の自作自演も可能なはずなのに……私、もしかして……フレデリック様にまで疑われているの？）

胸の奥がずしりと重くなるこの感覚は、実父を亡くしてから幾度となく味わってきたものだ。

明らかに悪意で嵌められているのに、誰にも信じてもらえず、皆がどんどんと遠ざかっていく。

アデラインにとってフレデリックは居場所をくれた人であり、実父を失ってから初めてありのままのアデラインを見てくれた特別な人だ。

けれど、彼は付き合いの長いヘレナのほうを選んだのだろうか……。

アデラインはあまりの衝撃でぼんやりとしてしまい、おかげで涙も出なかった。

「フレデリックお兄様がおかわいそう。やはりアデライン様の噂はすべてが嘘というわけではなかったのよ」

「だが、もう一度状況を整理したい。……すまないが見つけた場所を確認させてくれ」

「そうですわね。フレデリックお兄様にもご覧いただいたほうがいいでしょう」

ヘレナは進んで誘導し、ネックレスの発見現場まで皆を連れていこうとした。

「おそれながら、殿下……」

部屋を出ていこうとするフレデリックを引きとめたのはベンジャミンだった。彼とポリーだけはまだアデラインの無実を信じてくれているみたいだ。

「ベンジャミン、なにも言うな」

強い言葉でたしなめられ、ベンジャミンが押し黙る。

「……アデラインもとりあえず一緒に来るんだ。いいな」

婚儀のときと同じ、冷たいまなざしが向けられているかもしれない。そんな不安に駆られたアデラインはうつむき、フレデリックから目を逸らした。

「かしこまりました」

アデラインはヘレナ側の人間の蔑むような視線に晒されながら、廊下を歩き目的の部屋へと向かう。

ヘレナの先導でたどり着いたのは、フレデリックとアデラインの私室の隣にある扉の前だった。

「あ、あの……その部屋は違います！」

ヘレナがドアノブに手をかけたため、アデラインは勘違いを正そうと声をかけた。

すると侍女がニヤリと笑う。

「……見苦しいですよ。仮にも第二皇子のお妃様なのですから、最後くらいは潔く罪を認めてくださいませ」

った。

「アデライン、ヘレナたちの邪魔をするな」

フレデリックからもそれ以上の発言を止められて、アデラインはもう傍観者でいるしかなかった。

扉の先にあったのは、領主の私室と同じくらいの広さを持つ豪華な部屋だった。

角部屋でほかと比べれば明るい。青い花柄のファブリックで統一されているために華やかな雰囲気だ。

(もしかして、ここって……私が亡霊を怖がらなければ与えられていたお部屋……?)

清潔な石けんの香りがして、空き部屋にしては埃《ほこり》っぽさがまったくない。すぐにでも暮らせそうな部屋の様子からそんな予想ができる。

気になってフレデリックの様子をうかがうと、フッとアデラインのほうを見ながら小さく笑った。

(フレデリック様……?)

この部屋がアデラインと無関係だという事実は、フレデリックのほうがよく知っている。

それなのにあえて指摘しないでいるのには、なにかわけがあるはずだった。

「ネックレスはこちらのチェストの中にしまってありました!」

メイドの一人がチェストの一番上の引き出しを指差しながら主張する。

フレデリックは腕を組んでなにやら思案したあとに口を開いた。

「やはり、あやしい……だけでは済まされなかったようだ」

「わたくし、悲しいですわ。悪女の噂が嘘だと信じかけた自分が恥ずかしい……」

悲しいと言いながら、ヘレナは少し嬉しそうだ。きっと彼女が望んでいたとおり、アデラインが悪女だったという証明ができたと思っているのだろう。

「いいや、違う。そなたたちがアデラインに罪を着せようとしたのでは？　という疑惑が確信に変わったと言いたいだけだ」

フレデリックの冷たい視線は、ヘレナや彼女の随行者たちに向けられていた。

「そんな、フレデリックお兄様がわたくしを疑うなんて」

ヘレナが本気で涙を流しはじめた。

「演技ができそうもないヘレナがこのくわだてに加担していたかはさておき、ネックレス泥棒がアデラインだという根拠はないな。……なにせこの部屋、領主夫人の部屋じゃないんだから」

その言葉を聞いて、アデラインはようやくフレデリックの意図を理解した。

ヘレナが領主夫人の部屋にあったと言った時点で、あちら側の主張に疑いを持ち、あえてそんな部屋がないと指摘せずにここまで誘導したのだ。

よく考えたら公平な彼が、紛失したものを自分たちで見つけましたなんて主張を認めるはずがなかった。

なんだか、アデラインこそフレデリックの人となりを信じられていなかったみたいで、恥ずかしくなってくる。

「嘘ですわ。だってここは……」

「私がラース領を預かる前、実質的なこの城砦の主人だった将軍の夫人が使っていた部屋ではある。……私が領地を賜った直後だったか？　今回みたいに君が押しかけて来たときに『領主夫人の部屋としてはまぁまぁね』と言っていたんだったな」

アデラインは一つ勘違いをしていた。先日、ヘレナが将来自分が暮らす部屋だと言っていたのは、現在アデラインが使っているフレデリックの私室ではなく、こちらだったのだ。

「だから、夫人のお部屋でしょう？」

「いや、私は妻とはできるだけ一緒にいたいと思っているから、アデラインの部屋なんてないんだ。定期的に掃除はさせていたが、彼女はこの部屋に入ったこともない。存在自体知らないだろう」

誤解されていなかったという安堵で気が緩んでいたところに、のろけのような言葉が飛んできて、アデラインはその場にへたり込みそうになる。

フレデリックがサッと抱き寄せてくれたため、どうにか立ったままでいられた。

「でも！　ネックレスが盗まれたのは本当で、動機や前科があるのはアデライン様だって皆が言っていたもの。彼女じゃないなら、いったいどなたが？」

「アデラインに罪をなすりつけたかった者、そしてここがアデラインの部屋だと勘違いしていた者の犯行だろうな。……そもそも盗まれたかどうかもあやしいが」

勘違いしていた者の筆頭はもちろんヘレナだ。

そして彼女には、アデラインを陥れたい動機があった。

「わたくしでは……ありませんわ！　本当に、本当なんですっ」

青ざめた顔で必死に訴えるヘレナの様子は、演技とは到底思えなかった。

「これからヘレナたちには取り調べを受けてもらう」

淡々とした口調でフレデリックはそう宣言した。

「公爵家のご令嬢であらせられるヘレナ様をお疑いになるなんて！」

すぐさま侍女がヘレナを庇う位置に立ち塞がり、抗議を始めた。

それに対し、フレデリックはかつてないほど冷ややかな態度で、刃向かう者を威圧する。

「どの口が言っているんだ？　私兵ごときに城砦内を捜索する権限があったと思うか？　ましてや第二皇子の妃の私室に勝手に侵入したのだろう。結果的に空き部屋だったからいいなんていう理論が通じるわけがない」

侍女もヘレナも、もうなにも言い返せなかった。

「それから、取り調べ対象は容疑者とは限らない。被害者の部屋が無人になった時間帯を調べなければ犯行が可能だった者を割り出せないのだから。なにもしていないのなら被害者として堂々と応じればいいだけだ」

「お、お兄様……。そこまでしていただかなくても、ネックレスは戻ってきたわけですし」

ヘレナは声を震わせながら、どうにかこの事件を終息させようとしていた。

「私の妃が疑われたんだ。ヘレナのためなどではない」

フレデリックの怒りは氷のようだった。

庇われている立場のアデラインでさえ、恐ろしいと感じてしまうほどだ。

それからすぐにフレデリックの指示により、ヘレナの随行者たちに対する聞き取り調査が始まった。

口裏を合わせる暇も与えられていないため、ほとんどの者が知っていることを素直に話してくれた。

それによれば、ヘレナの部屋が無人になり、見張りの私兵すら外に立っていない時間帯など存在しなかったという。

だとしたら、アデラインや城砦側の人間が部屋に忍び込むのは不可能で、アクセサリーを自然に手に取れるヘレナ側の誰かが犯人となる。

さらにアデラインの部屋について勘違いしていた者は、前回の訪問時に領主夫人の部屋に入ったヘレナと侍女だけだった。

容疑者がヘレナまたは侍女に絞られると、侍女は嘘みたいに態度を変えて自白を始めたという。

「あの女は悪女でなければいけないのです。そうでないと、わざわざヘレナ様が旅をしてきた理由が消失してしまう。それにきっと似たようなことをやっていたに違いないのですから、なにも問題ないはずでしょう？」

そんな主張で彼女は開き直った。

悪女ではない証明はすでにできていたはずだ。それでも侍女は、数多《あまた》の悪評のいくつかが嘘であったとしても、すべてが嘘にはならないという考えなのだ。

絶対に悪女であるはずなのに、狡猾《こうかつ》なアデラインは証拠を残していない。騙《だま》されて花嫁を受け入れてしまっているフレデリックの目を覚まさせるために、必要なものだった――自白しても、侍女はそんな主張を続けていた。

悪女じゃないならどうすれば――以前にヘレナの発した言葉に影響され、この事件は起こったのだ。

仕えている者が勝手に行ったのであるならば、それはヘレナの罪ではない。

だとしても、たったひと言で仕えている者を動かしてしまうヘレナの力を、アデラインは恐ろしいと感じた。

侍女は城砦内の牢獄《ろうごく》に入れられて、ひとまずこの事件は終息した。

◇　◇　◇

就寝前、アデラインが入浴を済ませ部屋に戻ると、いつもの出窓のところにフレデリックの姿があった。

最近風が冷たいため、窓は閉められている。今夜は曇っていて月も星も見えない。

「お隣に行ってもいいですか？」

ヘレナのせいだけではないのだが、彼女がラース城砦に来た頃から、フレデリックもアデラインも多忙になっていた。

夜はしっかり休んでもらいたいと思っていたアデラインは、積極的には彼に触れないようにしていたのだ。

けれど今は、とにかく甘えたい気分だった。

「……隣ではなく、こちらにおいで」

フレデリックは手で軽く自身の膝を叩《たた》き、アデラインが座る場所を指し示す。アデラインはためらわずフレデリックの膝に座ってから、たくましい胸に顔を埋めた。

大きな手がまだ少し濡れている髪に触れ、そのままアデラインを包み込んでくれる。

ここにいていいという肯定感が、アデラインの心を満たしていった。

「君がそんなふうに甘えるのはめずらしい。……いや、昼間つらい目に遭ったから当然だな」

一番つらかったのは、フレデリックに信じてもらえないかもしれないと感じたときだった。

けれど、フレデリックの人となりを考えれば、当然彼の態度が演技だったと気づかなければおかしい。彼を疑ってしまった自分が恥ずかしくて、アデラインはなにがつらかったのかを正直に言えなかった。

「もう少し、強くなりたいです……」

不安になってしまったのは、自分に自信がないせいだ。

誰かに好かれた経験が少なく、人の心は簡単に離れてしまうものだからとすぐに諦める。

それでもフレデリックとこうしていたら、変わっていけそうな気がした。

「あの侍女……本当なら死罪なんだが……」

現在のアデラインは皇族の妃であり、今回の事件は不敬罪が成立する。

妃を罠に嵌め、盗人《ぬすびと》の汚名を着せ、その座を奪おうと試みた――という状況であれば、死罪が相当であるとフレデリックが教えてくれた。

けれど、おそらくそれは回避されるのだろう。

フレデリックの態度から、アデラインはなんとなくそう察していた。

「ヘレナ様が助命を願われているんですよね？」

現在ヘレナは彼女に与えられた部屋で謹慎中だった。

かなり落ち込んでいて、泣きながら侍女を許してほしいと訴えているらしい。

「酷い荒れようだった。……本当にいつまでも子供で困ってしまうな。それで、君が納得してくれるとは思っていないが、侍女はグラフト公爵に引き渡し、あちらに処罰を任せるということにしてくれないだろうか？」

ヘレナは欲したもののすべてを手に入れてきたお姫様なのだ。

彼女には不思議な魅力があって、近しい者はどうしても彼女の願いを叶えてしまいたくなる。

侍女の死刑などアデラインは望んでいなかったが、公爵家側に引き渡せば内々の軽い処分で済まされる可能性があった。

「それは、ヘレナ様のためですか？」

彼女には、仕える者を暴走させたことに対しての責任があるはずだ。

大きな罰は望んでいないアデラインだが、ヘレナの願いを叶えるという部分は正直おもしろくないと思ってしまった。

「いいや、グラフト公爵に貸しを一つ作っておくためだ。今後の交渉材料になる」

「グラフト公爵はどういう立場の方なのでしょうか？」

グラフト公爵家が亡き皇后の生家であると、アデラインはもちろん知っている。

聞きたいのは、政治的――とくに皇位継承絡みでの立場だ。

「一応、私を支持する派閥の者だな。というより、ヘレナが兄上の妃候補になれなかったから、隙あらば私を皇帝に……などと、不穏なことを考えていそうな人だ。兄上が力を持ちはじめてからは私とも距離を置いているが……」

野心はあるが保身に走りがちな人という印象だった。

だとしたら、フレデリックに見込みがあると判断すれば再び手のひらを返すのだろう。

(今後、フレデリック様と皇太子殿下が対立した場合、フレデリック様の力になってくれるかもしれない方でもあるのね……)

アデラインは少しだけ顔を上げて、フレデリックの瞳をじっと見つめた。ヘレナのためではないという話は本当だろうか。

人の心を読み取る力などアデラインは持っていない。だからどれだけフレデリックを見つめていても真意など察することはできない。

ただ、信じたいとは思っていたし、アデラインも厳罰は望んでいない。

「……私は臆病者ですから誰かの死を望む勇気がありません。……でも嫉妬はしてしまいます」

「嫉妬？」

「理由はどうであれ、フレデリック様がヘレナ様のお願いを聞いてしまうから」

これがアデラインの素直な気持ちだった。

フレデリックはしばらく黙り込んでいた。言ってはいけないことだったかもしれないとアデラインが不安になった頃、フッと彼の表情がほころぶ。

「……めずらしいな。だがいい兆候かもしれない」

「嫉妬がいい兆候なのですか？」

子供っぽい感情は、大人になったら封じ込めるべきではないのだろうか。嫉妬をせずわがままを言わない人間のほうが人に好かれるはずだ。

「あぁ。今回はグラフト公爵との関係上こちらが譲るだけだから、アデラインが彼女に嫉妬する必要はないんだ。それでも私に素直な感情をぶつけてくるのは、いい兆候だ」

「そうでしょうか？」

「そうだよ。君はもっとわがままでいい。……あまりに聞き分けがよすぎると、こちらも不満なんだ」

「わがままでいい……？」

「そうだ。試しになにか言ってみろ」

急に言われても困惑してしまう。それでもなにか言わなければならない圧のようなものがあり、アデラインはどんなわがままを叶えてもらおうか考えてみた。

アデラインがフレデリックにしてもらいたいことは案外簡単で、優しくしてほしいとか、抱きしめてほしいとか、特別大事にしてほしいとか……そんなところだった。

だからアデラインは、思い切ってフレデリックのシャツを引っ張って、そのまま彼の唇を奪ってみた。

言葉でお願いするのが恥ずかしすぎるので態度で示したのだが、結局こちらも同じくらいに恥ずかしい。

ちょんと触れるだけのキスをしてからギュッと彼の胸に抱きつく。

「随分と可愛いお願いだな」

低い声でそう言ってから、フレデリックはアデラインの身体をわずかに引き離した。

まだ彼の上に座ったまま、今度はフレデリックのほうからのキスが始まる。

ただ触れるだけのおままごとのようなキスではなく、これから特別な行為をするつもりだという彼の意思がはっきりと伝わる激しいものだった。

「……はぁっ、ん」

大きな手が後頭部に添えられているせいで逃げ場がない。最初から一方的に貪られている状況に陥っていた。

アデラインも負けじと舌を差し入れて彼を翻弄してやろうとするが、うまくできているかはわからない。

心地よさが押し寄せてきて、それに気を取られるあまり動作が緩慢になっていく。

アデラインはきっと快楽に弱い人間なのだろう。

キスは続けられたまま、フレデリックの手が後頭部から首、背中から臀部へと撫でるようにしながら下がっていく。

互いにガウンを着たままだと、素肌が触れ合うときにだけ味わえるあの感覚は得られない。もどかしさをごまかすために、アデラインはより深いキスを求めた。

「んっ！」

裾のほうから侵入した不埒《ふらち》な手が太ももを辿り、ドロワーズをずらし、臀部に直接触れはじめる。今夜はキスや軽いじゃれ合いだけではもう満足できそうもなかった。

「ん。……はぁっ、ん」

無骨な指が花園に届くようになると身体が大きく反応して、キスが終わってしまう。ずらされただけのドロワーズが煩わしい。汗をかいてしまい肌にまとわりつく布地も邪魔だった。体勢も不安定で、できればいつものようにベッドの上で抱かれたいとも思っていた。

それでもひっきりなしに快楽が襲ってくるせいで、希望を伝えられる隙がない。

「ほんの少し触れただけで……グシャグシャじゃないか……」

「い、言わないで……あぁっ」

どこが濡れているのかをわからせるためなのか、指の動きが激しくなっていった。

淫芽に触れられるのも、内側の繊細な場所をこすられるのも、たまらなく心地よい。アデラインはフレデリックの肩に手を置いて姿勢を保つので精一杯だった。

「うぅ……あぁ、気持ちいい……指……いいの……」

「達きたい？　腰……揺らして、いいところに私の手を導いているだろう？　無意識か？」

その言葉を聞いて、アデラインは初めて自分がなにをしてしまったかを自覚した。

「ご……ごめんなさい……。私、なんてことを……」

これではまるで自慰行為だった。

とんでもなくはしたないことをしてしまったと知った瞬間、じわりと涙がにじんだ。

するとフレデリックがほほえんで、目尻にキスをしてくれる。

「可愛いことをすると思っただけだ。……ほら、達かせてやるから指の感覚だけに集中するんだ」

「あぁ……ん。ん、ん！」

ズブリと指が二本、アデラインの内側に入り込み、そこをかき回しはじめた。荒々しい動きに翻弄され、まだ身体を繋げてもいないうちから意識が飛びそうになる。

ギュッと目を閉じると、指のかたちや動きがより鮮明になり、快楽の頂がすぐそこにあると悟った。

「激しい……の。そんなにされたら……私っ！　あぁっ、あぁぁっ」

あっけなく絶頂を迎えたアデラインの身体が、大げさな痙攣《けいれん》でフレデリックに喜びを伝えた。

淫らな身体を恥じても自分ではどうにもならなくて、ただ次から次へと押し寄せる快楽の波に身を委ねる。

「はぁ……はぁ……私、なんで……こんなに……。うぅっ！」

ズルリと指が引き抜かれる。フレデリックはアデラインを軽々と持ち上げ一度立ち上がらせると、出窓に手をつくようにと促した。

彼はアデラインの背後に立ち、寝間着の裾をたくし上げると臀部だけを引き寄せてそのまま男根を押し当ててきた。

「あ……あぁ……っ！」

互いに服を着たままで、ベッドに移動することすらせず、しかもアデラインの目の前には窓がある。なにもかもがこれまでの交わりと違っていた。

もし外を出歩く者がいたら……？　アデラインは、二人の姿が誰かに見られてしまう可能性に行き着いた。

「見、見られちゃう……っ！　外、誰か……いたら……あぁぁっ！」

こんな場所で交わってしまうことに抵抗しようとしたのに、一気に押し入ってきた熱杭によって言葉が封じられた。

「……でも……感じているじゃないか」

そこが弱いと知っているはずなのに、フレデリックは背後から耳元に息を吹きかける。

「待って、くださ……い。誰か……に……」

「こんな時間に人なんて歩いているはずない」

「でも……でも……っ！」

指よりもずっと太いものがアデラインの中で容赦なく暴れた。

言葉で抵抗しても膣は勝手に収斂《しゅうれん》し男根に絡みついている。最初から快楽は得ていて、理性はもう消失寸前だった。

「はぁ、あぁ……ん。いつもと違う……ところ……」

「そうだな。交わる体勢が変わると、新鮮だ」

フレデリックは背後からアデラインを攻めながら、不埒な指先を胸へと伸ばしてきた。

まだ触れられてもいないのに二つの先端はぷっくりと立ち上がっていて、服の上からでも容易に見つけられてしまった。

「ひっ、あぁ！」

強めに摘まれるとビリビリとした衝撃が身体を駆け巡る。

奥を突かれるたび、胸に触れられるたびにアデラインの思考はとろけて、従順になっていく。

誰かが外を通るかもしれない、この窓の内側の光景がその人に見られてしまうかもしれない。

そんな不安があったはずなのに、フレデリックに支配されている頭ではもううまく想像力を働かせることができなかった。

いつの間にか寝間着がはだけ、胸だけが露わになっていた。

「うぅっ、胸……っ、だめです……もう……だめ……」

中を穿たれながら強く胸を揉《も》みしだかれると、ひとたまりもない。まもなく絶頂を迎えてしまうのだとすぐにわかった。

フレデリックは「だめ」の種類を理解している。

過ぎた刺激が怖いという意味の「だめ」をいくら訴えても絶対に行為をやめてはくれない。

「ん、んんっ。……もう、耐えられない……っ、あぁっ！」

より激しくなった抽送によって、アデラインはまた頂を迎えた。

その瞬間、全身から力が抜けて姿勢を維持できなくなってしまった。

出窓に肘をつき、膝を折り曲げ、ほぼ四つん這いのような状態になっても、フレデリックの動きは止まらない。

「ひっ、あ……はぁっ、はぁ……」

強い力で腰のあたりを持ち上げて、彼はよりいっそう激しくアデラインを貪ろうとした。

絶頂から少しも平静になれず、小さな波がひっきりなしに押し寄せてくるような感覚がアデラインを苛んでいく。

「……はぁっ、あ……フレデリック、様……っ」

「おかしくなりそうだ……くっ」

姿が見えなくても、激しい動きと荒い息づかいで、フレデリックの興奮が伝わってきた。

アデラインの身体はどこまでも彼に従順で、彼が感じているのならそれでかまわない気がしてくる。

達しすぎて怖いけれど、言葉での拒絶すらしてはいけない気がした。

「……はぁっ、また……また……達して……」

「顔が見えないのは、気に入らないな……」

何度目かの大きな波を迎える直前になり、フレデリックがズルリと男根を引き抜いた。

これまで満たされていたその部分が空虚になって、どうして途中でやめてしまうのかという不満がアデラインの中に芽生える。

けれど、そんなふうに思う余裕があったのは一瞬だった。

フレデリックはアデラインに正面を向かせると、そのまま抱き上げて、立ったままの姿勢で再び熱杭を収めた。

「落ちちゃう……これ、深いっ、の。……あぁ、あっ！」

「落とすわけない。ほら、ここを突くのがアデラインのお気に入りだろう……？」

自重のせいで、深い部分まで彼が入ってきてしまう。

「あぁぁぁっ！」

アデラインは必死になってフレデリックを強く抱きしめる。腕に力を込めて、脚も絡め、どうにかしがみついて——彼の動きを妨げようとした。

「……あぁ、こんなに私を求めてくれるんだな……」

そんなつもりはなかったのに、彼に縋りつき、より深い交わりを求めているようだった。

気をよくしたフレデリックがさらにアデラインを追い込もうとしてくる。

繋がっている場所からは蜜が噴き出して、卑猥な水音が響く。こんな状況では求めていないなんて主張をしてもまったく説得力がなかった。

「激しいっ、あぁっ、あ……！　達く、の……また達く……っ」

「あぁ……一緒に……」

荒い呼吸を隠す余裕すらなく、アデラインは意識を保ったままでいることだけで精一杯だった。フレデリックの動きがこれ以上ないほど速く、大きくなる。

「あぁぁぁっ！」

その突き上げに耐えられず、アデラインが先に達してしまった。フレデリックはそのままアデラインの中を壊す勢いで穿ち続ける。

背中を反らし、後ろに倒れそうになっても、彼はしっかりとアデラインを支え続けた。

何度目かの抽送のあと、アデラインの奥にグッと勇ましい男根が押し当てられた。

フレデリックはアデラインを強く抱きしめながら、苦しげなうめき声を上げ、そして果てた。

じんわりと温かい精を流し込まれる感覚にアデラインは酔いしれる。フレデリックがちゃんと感じてくれている……愛してくれている証に思え、多幸感でいっぱいになるのだ。

しばらく余韻でぼんやりとしていると、フッと彼の身体から力が失われた。

アデラインを抱きしめたまま床に崩れ落ち、キスを始めてしまう。

日々の生活で、床に座ることなんて絶対にしない。

快楽を得たあとに、しつこくその余韻を楽しんで、だらしのないことを続けている背徳感がたまらない。

ひたすらに心地よくて、キスが終われなかった。

「ん……ん……」

やめてくれないフレデリックが悪いのだと心の中で彼を責める。そのくせアデラインは積極的に舌を突き出して、まだ終わりたくないという本音を隠さなかった。

吐精してからもアデラインの中に留まり続ける男根が、再び熱を持ちはじめたのがはっきりとわかった。

すぐそこにベッドがあるのに、移動する時間さえ無駄な気がした。

それはきっとフレデリックも同じなのだろう。

二人はそのまま絡み合うようにして床に寝そべった。

その夜は、疲労が限界に達するまで何度も交わり、数などわからなくなるほど快楽を弾けさせたのだった。

翌朝、目を覚ましたアデラインはめずらしくフレデリックの寝顔を拝むことができた。

彼はいつも早起きだから、アデラインが目を覚ましたときには朝の鍛錬を始めていて、ベッドにはいないのだ。

そうでないときは、髪を撫でながら優しく起こしてくれる。

（眠っていると……ちょっとだけ可愛らしいわ……）

今日は彼を起こしてあげようと思って、アデラインはそっと手を伸ばしたのだが……。

（どうして震えてしまうの？）

腕がいつもの倍くらい重たく感じられるし、持ち上げようとすると震えた。自分が寝ぼけているからだと考えて、とりあえず身を起こそうと奮闘するがそれも難しい。

身体がだるくて、しかも引きつるような痛みがある。

だんだんと覚醒するにつれて、この痛みの原因は昨日の交わりであり、怪我でも病気でもなくただの疲労だと理解していく。

体力のなさが恥ずかしく、アデラインはどうにかして自分自身をごまかしたかった。

もぞもぞとしているうちに、フレデリックの瞼がうっすらと開く。

「……おはよう、アデライン」

「おはようございます」

フレデリックは小さなあくびをしながら起き上がる。

シャツの胸元がはだけていて、たくましい身体が露わになっていた。彼の裸体など何度も見ているはずなのに、明るい場所では新鮮に思えてドキリとしてしまう。

「……どうかしたのか?」

すでに立ち上がり朝の支度を始めようとしているフレデリックは、いつまでも寝転がっているままのアデラインが気になるようだ。

アデラインは全身に精一杯の力を込めるが、やはりのろのろとした不自然な動きしかできなくなっていた。

「具合が悪いのか?」

「大したことではないのですが、立てない……です。……少しも力が入らないんです。でも病気ではなくて……その……」

淫らな行為をして身体に溜まった疲労が限界を超えただなんて、できれば知られたくない。けれど病気だと勘違いされては困るので、アデラインは正直に告げるしかなかった。

フレデリックは目を見開き、黙り込む。しばらくすると、これでもかというくらい申し訳なさそうな顔になってしまった。

「すまない。だいぶ調子に乗っていた。……本当に、獣で嫌になる……」

頭を抱えて猛省を始めてしまう。

体力がないと笑い飛ばしてくれたほうがいくらかましだったかもしれない。

「私、フレデリック様に愛されている……って感じられるから、嫌ではありませんでした。……でも、あとで動けなくなるって今日わかりました」

明日のことがどうでもよくなってしまうほど相手にのめり込むあの感覚を、きっと二人は共有していたのだ。獣になったのは、アデラインも同じだ。

頬を赤らめながら素直な心情を伝えると、フレデリックが急に顔を上げた。

「そうか、嫌じゃなかったんだな。……では、次は翌日の予定を見定めてからにしようか」

フレデリックは悪い笑みを浮かべて顔を寄せ、アデラインの額のあたりにキスをした。それはまた、昨晩のような容赦のない抱き方をするという宣言だ。

真っ赤になっても、身体が動かないままでは毛布で顔を隠すことすらできない。

そのあいだもフレデリックはアデラインの髪をいじり、返答を催促してくる。

「はい……って言えません。……言いたくありません。同意は……求めないでください」

「それは恥ずかしいから？」

アデラインは嫌がっていると誤解されたくなくて、小さく頷いた。

するとフレデリックがとびきりの笑顔を見せて、ようやく髪を弄ぶ手を引っ込めた。

「……午前中くらいは休んでいるといい。また様子を見に来る。ポリーにもよく言っておく」

いったいポリーになにを言っておくつもりなのだろうか。

アデラインは焦り、なにも言わないようにお願いしようとしたが、フレデリックはスタスタと部屋を出て、朝の鍛錬に出かけてしまった。

第五章　悪役たちの名誉挽回《めいよばんかい》

疲労による痛みを抱えているアデラインは、いつもより遅い時間に朝食をとってからポリーの助けでどうにか着替えを済ませた。

痛みは慣れるものらしく、ゆっくりであればそれなりに身体を動かせるようになっていく。

夜の営みが激しすぎてこうなったという件をどうやら知っているらしいポリーだが、態度には出さずにいてくれた。

それでも、いつも以上に甲斐甲斐《かいがい》しく世話を焼いてくる。不自然に気を使われているのがわかるので、いたたまれない心地だ。

けれどその日一日、怠惰な生活を送れる状況にはならなかった。

昼食を食べ終えて食後の紅茶を楽しんでいると、険しい顔をしたフレデリックがやってきた。

そして、国境付近の状況が緊迫しつつあることを告げた。

「ウェストリア国境付近に敵兵が集まりつつある……？　そんな！」

フレデリックが放った斥候から緊急の連絡が入ったのだ。

現在、ウェストリア側の国境近くには兵と武器が運び込まれていて、開戦に向けての準備が進んでいるとのことだった。

「二年経たずに、立て直しができたというのか？　武器や兵だって足りないはず」

先の戦で、デリンガム帝国は苦戦を強いられたものの、最終的には勝利を収めている。ウェストリア側はそれ以上に消耗しているはずで、この時期に再び攻め込んでくるのは不自然だった。

「領内だって大変な時期なのに……まるでそれに合わせたかのように……」

ならず者が入り込み、それがだんだんと組織化されているという問題を抱えているラース領に、ウェストリアまで攻め込んできたらかなりまずいのではないか。

戦については素人だからこそ、アデラインは不安で仕方がなかった。

「今、なんて言った……？　もう一度言ってみてくれ」

フレデリックが目を見開き、低い声でたずねてきた。なんだか叱られているような気分になり、アデラインはドキリとする。

「領内が大変な時期で……それに合わせたかのように……」

彼の言葉には強制力があるみたいだった。アデラインは促されるままに、先ほどの言葉を思い出し、もう一度口にした。

フレデリックはしばらく考えたあと、重々しく口を開く。

「考えたくはないが……考慮すべきかもしれない」

「で、でも！　付近に潜むならず者は、ウェストリアの者ではないはずで……」

フレデリックの指示のもと、何人かのならず者が捕らえられている。

彼らは都で罪を犯し、服役していた者ばかりだった。少なくともウェストリアとの繋がりは見当たらない。

そうだというのに、不自然さも拭えない。

「……君はあまり心配しなくていい。考えすぎだとは思うが、少しでも疑いのある事案を考慮するのがこの地を預かる私の責務だからな」

安心させるためなのか、フレデリックはアデラインの頭をポンポンと撫でた。

「さて、これから忙しくなる。……とりあえずあと一人、話をしなければならない相手のところに行くか」

あまり気が向かない様子で、フレデリックは歩きはじめる。

たどり着いたのは、ヘレナに与えられている客間だった。扉の前に立つ私兵に大事な話があることを告げると、すぐに入室の許可が下りる。

アデラインもフレデリックと一緒にヘレナの部屋へと入った。

「ヘレナ」

ヘレナはちょうどメイドたちに爪を磨いてもらっていたところだった。来客に気がつくと、メイドを下がらせてから立ち上がり、フレデリックに駆け寄った。

「フレデリックお兄様のほうから訪ねてきてくださるなんて……。わたくし、侍女があんなことになってしまって……昨日はショックで眠れませんでしたの」

確かに彼女の目の下は少し腫れていて、泣いていたことがうかがい知れた。

「侍女の処罰をグラフト公爵に委ねる手紙だ。これを持って、君はすぐに都に帰れ」

フレデリックは胸元から飾りっ気のない封筒を取り出し、ヘレナに押しつけた。

「どうしてですの？　わたくしはなにもしておりませんわ。侍女の罪はわたくしとは無関係です」

反射的にその手紙を受け取ったヘレナは、封筒とフレデリックを交互に見つめながら抗議する。

「君の随行者だろうに。主人である君が責任を持って連れ帰ってくれ」

「でも……久しぶりにフレデリックお兄様と過ごしたくて、一週間も旅をしてきたんですのよ。まだぜんぜんお話ができていません。それなのに……」

ヘレナは瞳を潤ませて懇願する。

「ここはもうすぐ戦場になる」

「……え？」

「戦に巻き込まれるぞ」

その言葉を聞いた途端、ヘレナの顔色が変わった。

「先の戦からあまり期間が空いていない。こちらとしても予想外の開戦になりそうで、戦力に不安があるんだ。もちろん、都に援軍の要請は送っているが、絶対の安全は保証できない」

フレデリックはこの地に留まることへの危険性を説く。

「そ、そうなのですね……。わたくしが危険な場所にいたら、フレデリックお兄様は安心して戦えませんわね……」

うんうん、と頷き、ヘレナはなにかを決意したみたいだった。

「わかりました！　わたくしお兄様のためにも都に戻ります。わたくしにできるのは都からお兄様のご無事をお祈りすることだけですわ」

「……あぁ、そうしてくれると助かる」

瞳を潤ませるヘレナに対し、フレデリックは淡々としていた。

ヘレナはすぐにメイドや私兵たちに指示を出し、旅支度を始める。

フレデリックとアデラインは彼女たちの邪魔をしないように、この場を立ち去るのだった。

そして翌朝、ヘレナ一行は都へと旅立つことになった。

ヘレナは最後に、アデラインにこんな言葉をくれた。

「フレデリックお兄様がわたくしの安全を一番に考えてくださっているってよくわかりました。だからわたくしはラースから去ります。……アデライン様、しばらくのあいだお兄様をよろしくお願いしますね」

「……は、はい。道中お気をつけて」

フレデリックの妻はアデラインだから、ヘレナから頼まれるのはなにか違う気がした。

けれど、フレデリックはとくになにも言わないし、いちいち訂正するのも変だからアデラインは無難な言葉で挨拶を終わらせる。

城砦の入り口で別れを済ませたあと、アデラインはフレデリックがなにか言いたげな視線を送っていることに気がついた。

「どうなさったのですか？」

「……アデライン。ほとんど帰ったことがないが都にも一応私の屋敷がある。何人か護衛をつけるから、君もこの地を離れてもいいんだが……」

「え……？」

昨日の段階では、ヘレナにだけ退避を促していたから、アデラインは当然ここに残るという選択しかできないと思っていたのだが、違ったのだろうか。

ただ、フレデリックの話には続きがあるみたいだった。

アデラインはそのまま、彼の言葉を待つ。

「……君は領主夫人だ。可能なら、その役割を果たしてほしい」

それは簡単に返事ができる依頼ではない。

ずっと都で暮らしてきたアデラインは、これまで戦とは無縁だった。人間同士が命のやり取りをする場面なんて、想像すらできないのだ。

だから、これから戦場になるラースの地に留まるのは恐ろしかった。

（逃げてもいい？　でも私は……）

フレデリックは選択の自由を与える一方で、領主夫人としてどうあるべきかも示している。

彼の期待に応えたいと思うが、恐怖心は消えてくれなかった。

「……フレデリック様、戦時における私の役割はなんでしょうか？」

それを知らずに、フレデリックを失望させたくないという理由だけで軽率に頷くのは不誠実な気がした。

「私がここを発《た》ったのち、残った者と一緒に城砦を守れ。負傷兵が運ばれてくるし、前線への補給の手配などもしてもらうだろう。もちろん文官と軍人、それぞれに補佐役をつける。……不測の事態が起こった場合、最終的な決定を下すことが君の役割だ」

「……決定、ですか……」

噛《か》みしめるように、アデラインはその言葉を口にした。最終的な決定を下す――それはとても重要な役割だった。

「それから、隠しても仕方がないので言っておくと、絶対に勝てる戦など存在しない。私が負けたらラースの城砦都市に敵兵が押し寄せてくるだろう。だから都に退避してもかまわない。

「……安全なところにいてほしいという思いは、私の中にもあるんだ」

負の部分を包み隠さず話し、逃げる道も用意してくれているところに彼らしい優しさが感じられた。

彼の中にもきっと葛藤《かっとう》があるのだろう。近しい者をとにかく優先して守りたいという気持ちと、ラースを預かる者としてどうすべきかという使命のあいだで揺れているのだ。

（私に、できるかしら？）

アデラインは胸に手をあてて真剣に考えた。

与えられている役割はとても重いものだ。

けれど、決断に対して責任を負うことと、すべてを一人で背負うことはぜんぜん違う。

ベンジャミンやポリー、それにフレデリックの部下もきっと協力してくれるだろうし、意見を出し合えるはずだ。アデラインはもう、一人ではない。

それにフレデリックは自分の役割からは絶対に逃げない人だ。やはり、彼にふさわしい人間でありたいと思う。

「私も逃げません。……ここにいる方々と一緒に、フレデリック様と兵士の皆さんの帰る場所を守ります」

うつむかず、しっかりフレデリックを見つめて、アデラインは決意を語った。

気合いが入りすぎていて、にらんでいると誤解されてしまうくらいだったかもしれない。

けれどそれくらいがちょうどいい。アデラインが怯えていては、フレデリックが全力で戦えなくなってしまうのだから。

フレデリックはそんなアデラインに笑みを向ける。

「ありがとう」

ギュッと引き寄せて、抱きしめてくれた。

ここに残ってほしいという言葉は、アデラインが彼の隣にいていい存在だと認めている証明だ。

だからアデラインは、精一杯フレデリックを支えようと誓った。

「懸念事項はこちらでまとめておく。不在中に最も警戒すべきなのは、森に潜んでいるならず者だ。よく覚えておいてくれ」

「はい」

翌日、フレデリック率いる主戦力がラース城砦を発ち、国境付近の砦へと移った。

それと同時にアデラインたちも一段と忙しくなっていく。

アデラインとベンジャミン、そしてフレデリックがいないあいだの軍人代表となる城砦守備隊長の三人で手分けをして、この場所が本拠地としての役割を確実に果たせるように準備を急いだ。

まずは怪我人《けがにん》が運ばれてきたときのために臨時の病室を用意し、城に残る者たちに手当ての訓練を受けさせる。軍医だけでは人員不足に陥る可能性を考え、ラースの町医者への協力を打診した。

そして、危険な地域に住む領民には城砦都市内へ移ってもらった。

これはフレデリックの指示によるもので、北の森に潜むならず者たちがこの期に城砦都市近隣の村を襲う可能性を懸念しての対応だった。

けれど、先の戦のときには取らなかった方針のため、避難してきた領民からはいつ戻れるのかという不満が早くも噴出しているという。

(なんて答えようかしら……?)

守備隊長は、このフレデリックの過剰とも言える対応に対しては、積極的に賛成という立場ではないようだった。

ベンジャミンも、人々の行き来を阻害すると経済的な損失が大きくなることを懸念している。

それでも出立前のフレデリックは、森をねぐらにしているならず者たちがウェストリア兵の進軍と協調する可能性を考えるべきと言って譲らなかった。

「アデライン様、どうなさいますか?」

代表者から話を聞いてきたというベンジャミンも困り果てた様子だ。

「そうね。……経済的な損失ならば補うことが可能です。ここは領民の不安を煽《あお》らない範囲で、必要性を説き、そして家業に専念できないぶんの補償をするべきでしょう」

「補償でございますか？」

「彼らを臨時雇用して、城砦内で人手が足りないところに配属します。職を得られれば彼らも安心できるでしょうか？」

主力部隊が出て行って以降、実際この城砦内は人手不足だった。

とくに今後運び込まれてくるはずの負傷兵の看護、洗濯や掃除などを担う者が足りていない。

避難中の領民のうち働ける者を雇えば、どちらにとっても都合がいい。

「なるほど……また、予算の組み直しをしなければなりませんが、不満解消にはそれがいいでしょう」

仕事さえあれば多少なりとも不安が解消されるというのは、伯爵家で居場所がなかった経験からの発想だ。

あの頃も働いてはいたのだが、評価されることもなければ正当な給金ももらえていなかった。

今のアデラインはラース領で役割を与えられて、胸を張って生きられるようになった。だからきっと、この方針は間違っていないはずだ。

アデラインはさっそく、人手不足の仕事を洗い出し、不満が出ない雇用条件を定めていった。

これらの策が功を奏して、城砦都市で暮らす領民は落ち着きを取り戻し、次第にまとまりが出てきたのだった。

そして、フレデリック率いる主戦力が国境の砦に移ってから十日後、ついに開戦の知らせが入った。

城砦内に運び込まれるのは、最前線の砦では対応できない重傷を負った兵ばかりだ。

戦場からは距離がある地にいるアデラインにも、その悲惨さが想像できるようになり、一人になると恐ろしくて泣いてしまうこともあった。

けれど、朝になるとどうにか強い領主夫人であろうと自分を奮い立たせた。

「……皆さん、今日も頑張りましょう！」

定例となった朝の会議の席で、それぞれが自分の役割を確認し、次から次へと舞い込んでくる問題に対処していくという日々が半月ほど続く。

だんだんと非常事態がまるで日常になったかのように錯覚しはじめた頃、書類仕事に追われていたアデラインのもとに守備隊長が駆け込んできた。

「アデライン様！　至急のご報告がございます」

「どうなさったのですか？」

「……町が……攻撃を受けております」

「ウェストリア兵が入り込んだというのですか？　それとも……」

フレデリックが劣勢であるという報告は上がっていない。

それなのに城砦都市が攻撃を受けている。考えられる可能性は、一つだった。

「以前から報告のあった者たちです」

「数は？」

「二百でございます。フレデリック殿下の指示で、あらかじめ外の領民の避難が完了しておりましたので、門を閉め対応にあたっております」

（これは……フレデリック様が予想されていた中で最悪の事態だわ！）

けれど、予想していたということは、策も用意していたということだ。急ぎ知らせに来た守備隊長もすでに部下に指示を出したあとだった。

「……残っている皆さんで、ここを守りきることは可能でしょうか？」

「はい。……この城砦の防御力ならば、必ずや」

「わかりました。それでは、フレデリック様の作戦どおり、狼煙《のろし》を上げましょう」

守備隊長が大きく頷いた。

これから上げるのは「敵襲、されど応援の必要なし」という意味の狼煙だ。

フレデリックは、ウェストリア軍に呼応するかたちで、手薄になった城砦都市が襲撃を受ける可能性を予見し、あらかじめここに残る者たちに策を授けていた。

（ここが襲撃を受けた場合、ならず者たちとウェストリア軍が通じている可能性が高い……フレデリック様は、そうおっしゃっていたわ）

いくら主戦力が出払っているとしても、ならず者たちが領主の居城がある規模の町を攻撃するなんてあり得ないのだ。

彼らの目的は城砦都市の占拠ではなく、ラース軍本隊を混乱させ、兵力分散へと誘導することだとフレデリックは予想していた。

そのため、狼煙を上げたら国境付近の一部部隊を城砦方向へ戻す手筈になっている。これは、城砦からの援軍要請があったと、ウェストリア側に誤解させるための行動だ。

敵は、ラース軍が戦力を分散せざるを得ない状況に追い込まれたと判断し、攻勢に出てくるだろう。

そこで反転し、ラース軍も一気に敵の殲滅《せんめつ》に動き出す予定だった。

(敵の策に乗ったふりをするということ。……でも、うまくいくでしょうか?)

狼煙を上げたら、よくも悪くも戦況は一気に動く。

この城砦都市には応援が来ないのだから、今ある戦力で襲撃者を追い払わなければならない。もし判断を間違えてしまったら、ラースで暮らす民が犠牲になるし、前線にいるフレデリックたちが帰る場所を失う。――とても大きな決断だった。

(フレデリック様の策を……そして、ここで城砦を守ってくれている皆さんを、私は信じます……)

高く上がる狼煙をじっと見つめている時間はなかった。

こうしているあいだにも、敵は外側の城壁を越えようとしてくる。

城砦都市は、備えさえあれば敵に包囲されたとしても簡単には落ちない堅牢《けんろう》な造りだ。守備隊長が中心となって、とにかく侵入を許さないことだけを意識して、戦いを進める。

城壁の外から矢や石が飛んでくる状況に気が休まらず、アデラインはその日食事がまったく喉を通らなかった。

そして、昼夜問わず続いた戦闘の結果、城砦側がならず者の撃退に成功し、どうにか勝利を収めることができた。

「守備隊長、こちらの被害は？」

「怪我人は多数ですが、幸いにして死者を出さずに済みました。さすがは難攻不落の城砦ですね」

彼の少しおどけた態度から、本当にひとまずの戦いが終わったのだという実感が持てた。

敵は、城砦都市の守りがすでに固められている状態だとは知らずに攻め込もうとしたわけだから、有利な戦いではあったのかもしれない。けれど、決して楽な戦いではなかったはずだ。

「……守備隊長の采配あってこそです。お疲れ様でした」

「何人かを生け捕りにしましたんで、とりあえず牢《ろう》にぶち込んでおきますね。それから、前線のフレデリック殿下にも伝令を向かわせました」

「ええ……。生け捕りにした者は、死なせないように注意してください」

これもフレデリックからの指示だった。

ウェストリア軍とならず者が通じていたとすれば、裏で暗躍していた者が必ずいるはずだ。

その手がかりを得るのに彼らが必要だった。

（……あとはフレデリック様が帰ってきてくだされば……）

アデラインは私室の出窓に座り、いつもフレデリックがしていたように外を眺めていた。

国境の様子などここからではわからないが、同じ月を彼も見ているかもしれない。あとは祈ることくらいしかできなかった。


アデラインの祈りが通じたのだろうか。それから三日後、ラース軍勝利の報がもたらされた。


帰還したフレデリックはまともに休むことすらせず、守備隊長からの報告を受けたり、重傷者を見舞ったりして働き続けている。

午後になるとさすがに疲労困憊《ひろうこんぱい》といった様子で私室に戻ってきて、身を清めてからソファに深く座り、ぼんやりと天井を眺めていた。

「少し、お眠りになってください」

「なんだか今は目が冴《さ》えてしまっているんだ。……どうしたんだ、アデライン？　立ったままでいないで、こちらに座るといい」

アデラインはその言葉に促され、彼の隣に腰を下ろす。

（どうしてかしら……？　今は、フレデリック様が少し怖い……）

昨日まで命のやり取りをしていたのだから当然かもしれないが、フレデリックは城砦に戻ってからも殺気のようなものをまとい続けていた。

「よくこの城砦を守ってくれた。アデラインも大変だっただろう？　頑張ったな……」

労りの言葉をもらっても、やはり安堵はできなかった。

ピリピリとした空気。それから、ここではないどこか遠くを見つめているかのような瞳――普段の彼とは違っている。

「は……はい……」

目の前にいて、しっかり目が合っているはずだが、彼の意識はアデラインではない別の者に向けられている気がした。

だからこんなにも虚しい心地になるのだ。

「懸念していたとおり、都から流れてきたならず者は、ウェストリアと通じていた。それから、彼らが持っていた武器は……デリンガム帝国軍が採用していた旧式のものだったという報告を受けた。この意味がアデラインにはわかるだろうか？」

気になるのは、捕まった者の大半が牢獄に入れられていた前科者であったという点だ。

刑期を終えるまで国の管理下にあった人間ばかりが、それぞれの自由意思でこの地に集まるはずもない。

そして、とくに不自然なのは武器だった。もし、軍が所有していたものが横流しされたのだとしたら、軍の中央にいる何者かの関与が疑われる。

フレデリックからわずかに読み取れる感情は悲しみと憎悪だった。

彼の中で、この戦いはまだ終わっていないのだ。

「……わかるつもりです。ですが、デリンガム帝国の者が、自国を危険に晒すなんて……そんなことがあり得るのでしょうか?」

「自国ではなく、ラース領を危険に晒したんだろうな」

「被害がラース領だけで済む……そんな保証は……」

そこまで考えて、アデラインはハッとなる。

もし、フレデリックが国内外の敵が連携する可能性を考えて策を練っていなければ、戦力の分散を余儀なくされ戦は長引いていた。

短期間で戦いを終わらせることなんて、不可能だっただろう。

そうなったときに、誰がこの戦を終わらせるのか。

先の戦の総大将は皇太子だ。おそらく今回もラース領からの知らせを受けて、戦が長引けば皇太子率いる軍が援軍として到着していたはず。

「葬りたい相手が私一人ならば……甘んじて受け入れていたかもしれない。だが、こんなことは領主として……いいや、皇族として絶対に許してはならない」

ラースが窮地に陥ったときに、大軍を率いた皇太子が駆けつけて来る。

このシナリオが達成されていたら、フレデリックは負けた責任を取らされ、遅れて指揮を執った皇太子には華々しい勝利が待っていたのかもしれない。

そのために皇太子は、前科者に武器や金を配りラース領に潜ませ、ウェストリアにも情報を流していたというのがフレデリックの推測だった。

（あり得ない……なんて言えないわ……）

アデラインは実際に、皇太子が笑いながら陰謀を巡らせているところを見ている。実の弟を不幸にするために、少しでも良心があれば絶対に思いつくはずのない策を考えて、得意げに語っていた。

あの皇太子ならば、一般の兵にどれだけ犠牲が出ようが気にもしないだろう。

「都に行き、すべてを終わらせる。私にはもうその道しか残されていないみたいだ」

フレデリックの中でまだ戦は終わっていない。彼は今、倒すべき相手のことで頭がいっぱいなのだ。

思い詰めているフレデリックをこのままにしてはいけない――アデラインはそんな危機感に苛まれていた。

「フレデリック様、今は休みましょう」

自分の中にある彼への恐怖心を表に出さないように気をつけて、アデラインはそう提案した。

都に行き、皇太子の罪を暴くことはもう避けては通れない。けれど、今のフレデリックはどこか危うい。

まるで抜き身の剣のようで、こんな状態でいい考えなど浮かぶはずがない。

「いや……まだ今日のうちにやっておきたいことが……」

「私と一緒にいるのに、私を見てくださらない。……とても怖いお顔をされています」

両手を伸ばし、フレデリックの頬を手のひらで包み込む。するとフレデリックが目を見開き、しばらくすると困った顔になった。

「アデライン、私は……」

「ほら、ここに頭を乗せてください」

戸惑うフレデリックの抵抗など無視して、アデラインは強引に膝枕をした。起き上がろうとする気が失《う》せるまで、とにかく頭を撫で続ける。

「考えるのは明日からにしましょう」

根気よく撫で続けていると、不意にその手が取られた。

アデラインの手が、フレデリックの無骨な手に包み込まれている。

「……すまない、私は冷静さを失っていたようだ」

フレデリックがいつものまなざしをアデラインに向けた。それでようやく、彼が帰ってきてくれたという実感が持てたのだった。

「お帰りなさい、フレデリック様」

「あぁ……ただいま」

ずっと張り詰めていたのだろう。フレデリックはアデラインの手を握ったまま目を閉じると、そのまま眠ってしまった。

彼の寝顔を眺めているだけで、アデラインはこれ以上ないくらいの幸せを感じられる。けれど同時に、もうすぐこの幸せな日々が終わってしまう可能性にも気づいていた。

（……フレデリック様が皇太子殿下と戦う決意をされたら……私は……私たちの結婚は、どうなるのかしら？）

二人の結婚は、皇太子の嫌がらせで無理矢理成り立っている。フレデリックが皇太子に従う立場でなくなったとしたら、同時に二人が婚姻関係を続ける意味も失われるだろう。

「悪い噂があって……没落寸前の伯爵家の娘で、そして家族からも見放されている私は……しがらみがなくなったあともあなたの隣にいていいのでしょうか？」

小声で問いかけてみるが、もちろん反応はない。

スー、スーと穏やかな寝息を立てているフレデリックを見つめながら、アデラインはいつかやって来るその日まではこうやって彼に寄り添い続けようと誓った。

翌日から、生け捕りにしたならず者に対してさらに厳しい取り調べが始まった。

もちろん直接皇太子と面識のあった者はいなかったが、やはりデリンガム帝国の政《まつりごと》の中心にいる人物の指示がなければこんなことは不可能だと証明できる物証がいくつも見つかる。

フレデリックとアデラインはそれらを携えて都へと旅立った。

◇◇◇

一年の終わりから年明けまでの十日間、デリンガム帝国の宮廷では様々な行事が催される。

年の終わり、都に到着したフレデリックとアデラインは、宮廷で開かれる戦勝記念の祝賀行事に参加することとなった。

都にあるフレデリックの私邸に数日滞在したのち、二人はパーティーに出席するために馬車で宮廷へと向かった。

ドレスをまとうと座席が狭くなってしまうため、フレデリックはアデラインの隣ではなく向かいに座っている。

そして彼は、先ほどからなぜかじっとアデラインを見つめてばかりだ。

今日のドレスは爽やかな印象の水色で、これはフレデリックの瞳の色に寄せた一着だ。

とくにお気に入りのドレスを着用したのだが、なにかおかしな部分があっただろうか。

アデラインは徐々に不安になっていく。

「うん。これが百年に一人の悪女の姿だと知ったら、貴族たちは皆驚くだろうな。清楚で可憐《かれん》……そして知性が感じられる。アデラインは本当に美しい」

ようやく聞けた言葉は、アデラインへの賛美だった。

常に軍に身を置いて、男所帯で暮らしていたせいらしいが、フレデリックには不器用な面がある。普段はわりと無愛想な人だが、褒めるときはどんな気障《きざ》な男性でもそこまではっきりとは言わないのではないかと思えるほど、まっすぐな言葉をぶつけてくる。

十五歳から社交の場にすら出ていなかったアデラインにとって、フレデリックのくれる言葉は嬉しい反面、とても心臓に悪いものでもあった。

「あ、あ……ありがとうございます」

向かいの席に届くか届かないかという声量で、どうにかお礼の言葉を言うのがアデラインの精一杯だ。

「恥じらう姿も、とびきり可愛らしいな」

「フレデリック様！　あまりいじめないでください。今日は皇太子殿下もいらっしゃるのでしょう？　……前哨戦《ぜんしょうせん》になるかもしれませんから、集中させてください」

「ハァ……。せっかくだから、パーティーを楽しみたかったというのに」

フレデリックは万全の体制を整えて、まもなく皇太子と対峙する予定だ。

宮廷行事の最中での騒動は避けたいところだが、皇太子と顔を合わせれば間違いなくなんらかの言葉を交わすだろう。

二人とも、華やかな催し物を心から楽しむという気分ではなかった。

「皇帝陛下は、公正な裁きをしてくださるでしょうか？」

フレデリックは皇太子に悟られないように細心の注意を払い、皇帝に密使を送っている。

都で服役していた前科者をわざとラース領に誘導し、武器を持たせた罪。そして犯罪組織に資金を提供し、秘かにウェストリアと通じていた罪――最終的には敵国を退けるつもりであったとしても決して許されることではない。

それらの証拠や証言をまとめたものを皇帝に託したのだ。

「……いくら体調がすぐれないのだとしてもこれで動いてくださらないようであれば、その地位にあり続ける資格はない」

ウェストリアの侵攻を防いだ祝いとなる今回のパーティーでさえ、皇帝の代理として皇太子が主催するかたちになっている。

それくらい、皇帝の体調は悪いのだ。

皇帝が療養に専念できていたのは、内政のほぼすべてを皇太子に代行させ、最も危険な北の国境をフレデリックに守らせていたからだ。

結果、ここ最近は皇太子の言葉が政のすべて……という状況になっているのだ。

その皇太子が国に対する裏切り行為をしていたのだから、任命した者としての責任を果たしてもらわなければ困るというのがフレデリックの考えだ。

「まぁ、兄上と真剣にやり合うのは年が明けてからだろう。それより、アデラインのほうが問題だ。今日はヴァルマス伯爵家の者たちと顔を合わせる可能性があるが……大丈夫か？」

「はい、準備はしておりますので」

この都に到着してからの数日のあいだにも、アデラインはリネットたちが流した噂が嘘だという客観的な証拠をいくつか入手している。

そもそも証明する手立てがなかったのは、アデライン自身が噂を知らず、社交の場に出ていなかったからである。ケイティとリネットに支配された家を離れ、第二皇子の妃になった今なら、案外簡単に証明ができるのだ。

「そういう意味ではなく、傷つかないか……という部分を心配しているんだが」

貴族たちが集まる場で好奇の目に晒されるのはわかりきっていた。

なにせ一度も華やかな場に出たことのないアデラインだから、身がすくむ思いだ。それでも、黙って悪評を受け入れるつもりは毛頭ない。

「フレデリック様が一緒ですから」

この滞在中に、二人で名誉を回復するという目標がある。一人ではないから頑張れる気がした。

「ならばいい」

そんな会話をしているうちに、宮廷へとたどり着く。

アデラインにとっては遠くから眺めたことがあるだけの縁遠い場所だった。尻込みしたくなるほどの荘厳な建物の前で馬車を降りると、さっそく貴族たちからの注目が集まった。

残虐皇子と呼ばれているフレデリックが歩みを進めると、貴族たちは怯えた様子で低頭し、道を譲る。

パーティーの会場となる宮廷の大広間にはすでに多くの貴族が集まって和気藹々《わきあいあい》と談笑をしていた。

「勝利をもたらしたラースの兵は、今日も変わらず国境を守っているというのに……お気楽なものだな」

フレデリックが小声でつぶやいた。

実際に戦ったラース軍からの出席者は、フレデリックを除くと部下二人だけだ。

もちろん、城砦内でも酒宴の席は設けられ、街でも夜通し祭りが行われたが、なにもしていない貴族たちが自分のことのように勝利を喜ぶ姿を見せられるのは、当事者としては冷めた気持ちになる。

ましてや彼らは普段、北の地を守るフレデリックを散々悪く言っているのだから。

騒がしい中、時折フレデリックやアデラインについての噂話が聞こえてくる。

「第二皇子殿下の隣にいらっしゃる方は？」

「百年に一人の悪女とご結婚されたのではなかったのか？」

酒樽のような体型をしている醜い令嬢という噂のせいで、貴族たちはフレデリックのパートナーがアデラインであるという認識を持てずにいるようだった。

フレデリックもその声が聞こえているのだろうか。

貴族たちに見せつけるようにアデラインの腰を引き寄せて、とびきり甘くほほえみかけてきた。

「なにか飲み物を用意させようか？　林檎酒《りんごしゅ》なんてどうだ？」

「……は、はい」

これはパートナーを気遣う様子を見せつけて、残虐皇子のイメージを覆《くつがえ》す作戦だろうか。

アデラインも、あとで自分の名が貴族たちに知られたときのために、完璧な淑女でいようと気を引き締めた。

給仕の者から林檎酒が渡される。アデラインがグラスに軽く口をつけたところで、正面から皇太子が歩いて来るのが見えた。

「やあ、我が弟よ。……このたびの戦では随分な活躍だったようだな。帝国のためにご苦労だった」

一見余裕のありそうな態度だが、よく見ると口の端がヒクヒクと不自然に動いている。

今回の戦いについては、皇太子の描いたシナリオとは真逆の結末を迎えたはずだから、必死に動揺を押し隠しているのだ。

「兄上、お久しぶりですね。……今日は、兄上の婚約者殿にはご挨拶できないのでしょうか？」

皇太子には年明けにも正式な婚姻が結ばれる予定の婚約者がいるはずだ。祝賀行事を取り仕切る立場の彼がパートナーを伴っていないのは少々不自然ではあった。

「あ、あぁ。……体調がすぐれないようでな。念のため休ませている」

「それは残念です」

フレデリックの言葉も、皇太子の態度も意味深だった。

（……そんなにおかしなことなの？）

体調不良で大事を取ったのならば、皇太子が一人で出席しても仕方がないはず。

アデラインは、このやり取りになんの意図があるのか察することができなかった。

目を泳がせた皇太子がアデラインの存在に気づく。

「ところで花嫁殿はどちらかな？　新婚早々、別の女性をパートナーにするなんて、気の毒ではないか」

いったいアデラインの容姿に関する噂はどれほど真実として広まっていたのだろうか。

既婚者が、公の場に正式な妻以外の女性を同伴させるなんて、この国の常識ではあり得ない。

ひそひそと憶測を語るだけならばまだしも、面と向かってたずねるのならもう少し聞き方があるはずだ。

「まさか！　私はそのような不誠実な男ではありません。……彼女が私の妻……アデラインですよ、兄上」

「……は？　冗談も大概に……」

「アデライン、皇太子殿下にご挨拶を」

フレデリックに促されたアデラインは、一度背筋を伸ばしてから皇太子をまっすぐに見据えた。

「ごきげんよう、皇太子殿下。正式にご挨拶をさせていただくのは初めてですね。……殿下から良縁をいただきましたこと、いつか直接お礼を申し上げたいと願っておりました」

できるだけ丁寧に淑女の礼をする。そして堂々と顔を上げて、皇太子の反応を待つ。

皇太子はしばらく考え込み、やがてなにかに気づいたらしく目を見開いた。

「……そなたは！　……伯爵家の、メイド……？」

「おそれながら、それは誤解でございます。……私はあの家では使用人同然の扱いを受けておりましたので、そのように思われたのでしょう」

使用人同然だったなんて、伯爵令嬢としては恥ずべき状況だったかもしれない。

それでもアデラインは悪女の噂を払拭するために、包み隠さず事実を述べる。とくに密談をしているわけではないから、近くで聞き耳を立てている貴族たちにも今の会話は聞こえていたはずだ。

　大声でメイドと言ってくれたおかげで、アデラインが伯爵家でどのような扱いを受けていたかという証明を皇太子がしてくれるかたちとなった。

「……そ、それはお気の毒だな」

　皇太子があからさまに焦りはじめた。

　伯爵家の訪問中に、皇太子は自らの真っ黒な部分を堂々とアデラインに見せている。それが失敗だったと今更気づいたのだろう。

「殿下が伯爵邸にいらっしゃった日、私は初めて自分が悪女にされていた事実を知りました。動揺のあまり、お望みの悪女が存在しないことを正直に申し上げられませんでした。大変申し訳ございません」

　アデラインは深々と頭を下げ、少々大げさに思えるほど真摯な態度で謝罪をした。

　皇太子がどういうつもりでアデラインをラース領に送ったのか、多くの貴族たちは察していて、あえてそこには触れずにいたはずだ。

　そんな暗黙の了解を無視し、アデラインは正直者を装って、皇太子の思惑を包み隠さず暴露する。

「な、なにを……悪女だろう？　そなたは。……偽りの噂があそこまで広がるはずはない……」

もし皇太子が冷静であったなら、悪女を望んでいたという部分を否定すべきだった。

(私が悪女ではないと知っていたからこそフレデリック様に紹介した……そんな主張をしたほうがよかったでしょうに)

家族に虐げられている薄幸の令嬢を救うための縁談だったら美談にできたのだ。

次から次へと陰謀をくわだてるくせに、相手に主導権を握られると弱い男だと露見していた。

「兄上。悪評はすべて、彼女の義母と異母妹が故意に流したもので事実ではなかったんですよ。血の繋がらない娘に金をかけたくない。……どこにでも転がっているありふれた話だ」

「だから、そちらの主張が正しいなんて証拠もないだろう!」

「社交界で誰一人として実際には悪女を見ていないのがその証拠です。……誰か彼女が悪事を働いているところなり、複数の男性と親しくしている場面なりを目撃した者がいるのか?」

フレデリックは少々大げさな態度で周囲にいた貴族たちに問いかけた。

アデラインの噂は、本当のアデラインを見た者がいなかったからこそ成り立っていた。

自分は見たことはないが、一緒に暮らしている異母妹すら庇わないのだから、素行の悪い女なのだろう。

自分以外の誰かは実際にアデラインを知っているに違いない——きっと、噂を信じた者はそう考えていたはずだ。

けれど、そうではない可能性を示されたとき、皆が客観的な証拠を求めるようになる。

集まった貴族たちは互いに顔を見合わせて、自分たちが聞いた噂について確認し合う。流れは完全にアデライン側が有利になっていた。

しばらく待って誰も名乗り出る者がいないと確認してから、フレデリックは改めて皇太子に向き直る。

「良縁を用意してくださったことには感謝を。……私とアデラインはあらゆる意味で似た者同士だったようですよ」

あらゆる意味――それは身内に疎まれ、日頃から嫌がらせを受け、事実無根の噂を流されたという部分だ。

「……フレデリックッ！　そなた……」

「今は、このパーティーを楽しみませんか？　兄上」

フレデリックは不敵に笑った。

これまでの彼は、表向き皇太子に従順だった。フレデリックが弱いからではなく、骨肉の争いを避けるためにそうしていたのだ。

フレデリックは優しい人だから、皇族たちの勝手で発生した内乱で民が苦しむ事態を恐れていた。

そうだというのに、皇太子のほうから絶対に侵してはならない部分に足を踏み入れてきた。

フレデリックは自分が大人しくしていても、この国の平穏は望めないのだと悟り、すべての自重をやめたのだ。今の彼は、誰よりも強かった。

フレデリックの放つ威圧感に怖《お》じ気《け》づいたのか、皇太子はフン、と鼻を鳴らし離れていく。

「……フレデリック様のお噂は訂正なさらないのですか？」

この勢いならば、フレデリックの悪評も覆せたのではないだろうか。

けれど彼は首を小さく横に振る。

「大ごとになりそうだから、今日はやめておく。……それより今はパーティーを楽しもうか」

アデラインの悪女の噂は、あくまで家族間のいざこざで、社交界に話題を提供する程度のものだ。

けれどフレデリックは皇族だから、兄との確執が皇位継承争いに繋がってしまう。そのため慎重にならざるを得ないのだろう。

「はい、フレデリック様」

アデラインは納得し、フレデリックの腕に手を添えて歩き出した。

(……今は、フレデリック様にふさわしい女性でいることだけに集中しましょう)

貴族たちは、なにを信じていいのかわからない状態だろう。皆がフレデリックとアデラインを頻りに気にしているが、それでも積極的に話しかけてくる者はいない。

アデラインは好奇の目を気にせずに、常にフレデリックにほほえみかけていた。少しの酒と軽食をいただきながら二人で会話を楽しむ。

そうしているうちに、警戒心を解いた貴族の何人かが挨拶のために近づいて来るようになった。

きっと彼らは、噂の真相について根掘り葉掘り聞きたかったに違いない。

けれど、冷たい印象のフレデリックの目の前で、彼の妃であるアデラインの悪い話などできるはずもない。

戦の勝利を祝い、フレデリックの活躍を称《たた》え、少しの世間話をするだけにとどまった。

アデラインは努めて常識的に振る舞い、行動で噂の真偽を貴族たちに理解させようと心がける。

「疲れたか？」

「そうですね、少しだけ」

「互いにこういう場には慣れていないからな。そろそろお暇《いとま》してもいいだろう」

このパーティーでは十分に成果を得られた。

アデラインも同意し、大広間の外へと進む。ひとけがまばらになる回廊に出たところで、バタバタという足音が聞こえはじめた。

「お姉様……！」

振り向くと、そこにはヴァルマス伯爵家の面々が勢揃《せいぞろ》いしていた。

会場では到底話しかけられず、けれどアデラインたちの様子をどこからかうかがっていたのだ。

「リネット。それにお義父様……お義母様、久しぶりですね」

リネットとケイティは憤り、彼女たちを追いかけながら近づいて来るハリソンは真っ青な顔をしていた。

まだ社交界デビューを果たしていないジョナスだけは留守番らしい。

「酷いわ。私より綺麗なドレスで着飾っているくせに……あんな嘘をつくなんて」

「そうですよ、アデライン。なんて恩知らずな！」

彼女たちの視界にはアデラインしか入っていないみたいだった。そして、この状況になってもまだ、真実をねじ曲げられると思っている。

「ひとまず、第二皇子殿下に挨拶をしてください」

「必要ない。挨拶なんてされても困るだけだ。……続けてくれ」

アデラインはリネットたちの非常識な行動を改めさせようとしたのだが、フレデリックに止められてしまう。彼の言葉には、今後親しくする気が一切ないという拒絶の意味が込められている。

リネットはその意図を察していないのか、それとも残虐皇子を取るに足らない存在だと思っているのかわからないが、ひたすらアデラインだけをにらみ続けたままだ。

「お姉様、伯爵家の評判を落とす発言はいけませんわ。……すぐに訂正してちょうだい！」

「確かに評判は落ちるかもしれませんが、嘘ではないだけリネットよりはましだと思います」

「生家を潰すつもり？　幼いジョナスだっているのよ。弟の将来を考えないなんて、どれだけ薄情なの」

「ちょうど、あなたたちが私を虐げるようになったときと同じ年齢だわ。あの頃、私の将来を考えてくれたのかしら？」

アデラインが伯爵家を出たとき、ジョナスは十四歳だった。誕生日を迎えて、今は十五歳になっているはずだ。十五歳――それは、アデラインの生活が一変した年齢だ。

ジョナスには恨みはないが、彼を理由にして開き直られてもアデラインには退くつもりはない。

弟の将来を思うのならば、後ろ暗い部分のない生き方をすればよかっただけなのだから。

「なんてことを！　……でも、このままで済むとは思わないでね？　社交界では私のほうが人望があるんだから。家を守るために努力している私と、去った家を貶《おとし》めるお姉様……皆さん、どちらを信じるかしら」

腰に手をあてて自信ありげな態度だが、リネットの人望があったのはすでに過去の話だ。

フレデリックが調べてくれた情報によれば、リネットは社交界における信用を失いつつあるという。

彼女はアデラインがいたからこそ健気で愛らしい令嬢を演じることができていた。

悪女が遠い北の大地に去って以降「お姉様に酷いことをされた」という得意の話術が通じなくなってしまったので、設定に矛盾が生じていたのだ。

面と向かって指摘する者がいなかったから、本人にはまだ自覚がないのだろう。

それにアデラインは、都に到着してからの数日間で、リネットの嘘を証明できる物証を押さえていた。

「……ところでリネット。新しいドレスを作るたびに、私が散財して似合わないからあなたに押しつけたって説明していたらしいけれど、本当なの？」

「お姉様がドレスをたくさん買っていたのは本当でしょう！　請求書だって届いて……そのせいで今、大変なんだから」

リネットはあくまでアデラインが買ったことにしたいらしい。

「……確かに有名な仕立屋の顧客名簿に私の名前があったみたいなの。……でも、変なのよ。採寸の記録を見せてもらったけれど、酒樽でもないし、本来の私のサイズでもなくて」

仕立屋の記録は、アデラインが都に到着してから調べたものの一つだった。店員の証言だけではなく、文字や型も残っているから、かなり客観的な証拠となるだろう。

「それは……ええっと……そうよ、お姉様が痩せたせいだわ！　辺境でちょっと痩せて美しくなったからってそんな嘘をつくなんて」

それはかなり苦しい言い訳だった。身長と足の大きさだけはどうにもならないはずだから、言い逃れは無理だ。

「少し、よろしいかしら」

そのとき、パーティーの参加者と思われる若い女性がアデラインたちに近づいてきた。

付添人と一緒にやってきたその人をアデラインは知っている。

「あなたは……ヨランダ様……？」

子爵令嬢のヨランダは、アデラインが誤解を解くために手紙を書いた相手のうちの一人だった。

「お久しぶりです、アデライン様。……そして、第二皇子殿下にはお初にお目にかかります。わたくしは、ヨランダ・ハウエルと申します。お話の最中に割り込むかたちとなり恐縮でございます」

十五歳の頃は、お転婆《てんば》な部分もあったヨランダも、今ではすっかり大人の女性だった。

「かまわない。なにかアデラインに言いたいことがあるんだろう？」

「ええ。わたくし、アデライン様のお父様がお亡くなりになったあと、アデライン様から心ない内容のお手紙をいただきました。……その頃はあまりにショックだったものですから、二度と見るものかと思っていたのですけれど、なぜか捨てられずにずっと屋根裏部屋に置いてあったのです」

そう言って、ヨランダは付添人から封筒を受け取りアデラインたちに見せた。

それは元々白だったが黄ばんで薄茶色に変色したと思われる封筒で、もちろんアデラインには見覚えがないものだ。

「アデライン様はとても達筆でしたのに、このお手紙はなぜか悪筆で……今にして思えば違和感がありました。それから、以前にアデライン様からいただいたお手紙と、一年ほど前にリネット様からいただいたお手紙もございます。中身をこの場で確かめられますか？」

付添人がさらに二通の手紙をヨランダに渡す。

宛先と差出人の筆跡を見るだけでも、最初の一通がどちらの筆跡に近いかは明らかだった。

「や……やめて。やめてよ！　もういいわ。認めればいいんでしょう⁉　全部、お母様と私が悪いって、それで満足なんでしょう！　お姉様のせいですべておしまいよ！　ヴァルマス伯爵家は……ジョナスは……」

そのとき、これまでただ青ざめた顔で立っているだけだったハリソンが、初めて動いた。

「リネット、いい加減にしなさい。この場でアデラインを問い詰めようとしたのは、おまえのほうだ」

彼は取り乱しているリネットをこれ以上宮廷内に留めることをよしとせず、ケイティと一緒に馬車に乗っているようにと促した。

うなだれ、寄り添うようにしてケイティとリネットが立ち去っていく。

きっともう彼女たちと顔を合わせる機会はないのだろう。そう思うとアデラインの中にそれなりに仲がよかった頃の記憶が蘇《よみがえ》る。

それでもアデラインに背中を向ける彼女たちになにか声をかけようとは思わなかった。リネットたちもきっと望んでいないだろう。

二人の姿が見えなくなったところで、アデラインは義父を放置して、ひとまずヨランダに声をかけた。

「ヨランダ様……。あの……」

「ごめんなさい。あのとき、孤立していたはずのあなたの力になってあげられなくて」

古い手紙を握りしめたヨランダは今にも泣き出す寸前だった。

「いいえ。たった一度、返事がない程度で諦めてしまった私のほうこそ悪かったんです。……今日、わざわざ手紙を持ってきてくださったのが答えだと思っていいのでしょうか？」

ヨランダは久々に送られてきたアデラインからの手紙を読んで、これまでの経緯に疑問を持ってくれた。

それだけで救われた心地だった。

「ええ……。また、お手紙を書いてもよろしいでしょうか？」

「もちろんです。ですが、できることなら楽しいお話を……お手紙ではなく顔を合わせてしたいです」

手紙でも思いを伝えることは可能だが、会いに行っていれば誤解は生じなかったかもしれない。

だとしたら、これからは実際に会って話ができればいい。アデラインはそうやって、失ったものを少しずつ取り戻すために今度は自ら行動しようと決めていた。

「ありがとう、アデライン様」

最後は二人とも笑顔になって、友人との邂逅《かいこう》は終わった。

残されたのはアデラインとフレデリック、そして義父であるハリソンの三人になっていた。

「さて、ヴァルマス伯爵。もう、わかっただろう？」

「……は、はい。……子供たちの教育は、妻に任せておりましたゆえ……その……。私には子を持った経験がなく……それで……」

アデラインたちが暮らしていたタウンハウスに寄りつかなかった事実からわかりきっていたことだが、ハリソンには自分が伯爵であるという自覚はあっても、父親であるという自覚はなかったのだ。

だから、あの頃からずっと家族間のいざこざも、彼の中では他人事だった。

「任せていた、か……。養子にするということは子を持つという意味だと……普通は考えるはずでは？」

「殿下のおっしゃるとおりでございます」

「そなたにもう少し責任感と義娘に対する関心があれば、伯爵家の悪女が誰だったのか、財産を食い潰していた者が誰だったのか、とっくに気づけていたはずだ」

フレデリックもさすがにあきれ、大きなため息をつく。

「反論の余地もございません」

「私とアデラインの結婚以前にあった件をこちらから訴え出ることはあえてしない。だが覚えておいてほしい……自浄作用がないのなら、長くはもたないはずだ」

このままケイティとリネットを自由にさせ続けていたら、近いうちに伯爵家の財政は破綻するとフレデリックは警鐘を鳴らす。

フレデリックからの厳しい言葉を受けて、ハリソンはうつむいていた。

「伯爵、これから見て見ぬふりをしてきたことに対する罰をそなたは受けるはずだ。……ヴァルマス伯爵家は厳しい立場に追いやられる。あの二人はもう貴族として社交の場に戻れはしない。それでも、ご子息だけは別だろう。まだやり直しができる年齢だ。息子として、次期伯爵として……育てられる者はそなただけだ」

ジョナスもリネットたちの言葉を信じていた部分がある。けれど彼はまだ子供で、実母が間違っているなんて想像できなくても許される年齢だ。

それに、彼だけはアデラインに真正面からぶつかっていた。あの素直さが外的要因で歪められなければ、きっとまだ間に合う。

だからフレデリックの言葉は、アデラインの思いでもあった。

「それではお義父様。……私はこれで失礼いたします」

言うべきことはすべて言ったと判断し、アデラインは軽く会釈をしてから馬車を待たせている車寄せのほうへと向かおうとした。

「あ、いや……アデライン！」

「はい？」

「すまなかった……」

ハリソンはもう言い訳を繰り返さずに、最後にそう言ってくれた。

「……ジョナスを……よろしくお願いします。お義母様がなにをしていたか知ったら……たぶん、傷つくと思うんです」

謝罪を受け入れる言葉はまだ言えない。

ただ、実父が気にかけていた伯爵家が失われ、未成年の弟が不幸になる事態をアデラインは望んでいなかった。

だからそれだけ言って、アデラインは義父と別れたのだった。

◇◇◇

宮廷内で行われる年始の行事のほとんどは、何事もなかったかのように皇太子が中心となって取り仕切り、問題なく進行している。

ただし、静かなのは表向きだけだ。

新しい年の訪れを祝う公式行事の最中にもかかわらず、皇太子の隣に婚約者の姿はなく、フレデリックに接触を図ろうとする貴族が増えていく。

秘かに軍の高官や何人かの貴族が逮捕され、厳しい取り調べが行われているという。実行役だった者の裏で誰が暗躍していたかはもはや明らかで、皇太子は処罰目前であると噂されはじめた。

婚約者が隣にいないのは、あのパーティーの頃からすでに見限られていたせいだったのだ。

皇太子には常に護衛という名の監視役が貼り付いていて、今はただ時期が悪いから捕らえられていないだけという状況だった。

そして新しい年を迎えて十日が経過した日、フレデリックとアデラインは皇帝からの呼び出しを受けた。

「久しいな、フレデリックよ。……しばらく見ないあいだに、以前よりも勇ましくなった」

アデラインがこれまで肖像画でしか見たことがなかった皇帝は、絵姿よりもかなり痩せていた。

妻である皇后を亡くしてから気落ちしてしまったという噂だが、彼もまた病を患っているのだ。

ゆったりとした椅子に座ったまま、時々咳《せ》き込《こ》み、侍従が慌てて水を飲ませるなど、体調が万全とはいい難い様子が見受けられた。

「陛下、このたびは私からの陳情を受け入れてくださってありがとうございます」

「いいや、フレデリックよ。本来……私が把握せねばならないことだった……。して、そなたがアデライン殿だな。このたびの戦ではフレデリックをよく支えていたと聞いておる。感謝を……」

「はい、陛下。もったいないお言葉にございます」

短い挨拶が終わると、皇太子と大臣などの役職にある貴族の何人かが呼ばれ、話し合いの場が設けられた。

（実質、皇太子殿下を断罪するための裁判なのね……）

すでに証拠が出そろい、皇太子は言い逃れができない状況だ。

顔色が悪いのは、この場に呼ばれた理由を本人が正確に理解しているからだろう。

「さて、皇太子……いいや、ランドンよ。そなたは罪人に不当な恩赦を与え、武器を横流ししウェストリアと通じておったな。申し開きはあるか？」

先ほどまでの弱り切った様子から一変し、皇帝は静かだが威厳のある声で息子に言葉をかけた。

「騙されてはなりません！　す……すべて、フレデリックの捏造です。戦が起これば功績をあ

げられるからそのような暴挙に出たのでしょう」

その言い訳を聞いた皇帝が手をかざし、側近になにやら指示を出す。

すると、すでに捕らえられている者の証言が次から次へと読み上げられた。

さらに、これまでフレデリックの悪評を嘘だと知りながら沈黙を貫いてきた者たちも真相を語りはじめる。

彼らが積極的に真実を言葉にしなかった理由は、実質的な最高権力者となっていた皇太子に逆らっても不利益しかないと考えていたからだ。

皇太子の失墜が決定的なものとなったのならば、沈黙を続ける理由はない。

「……仕方のないこととはいえ、日和見主義もいいところだな」

隣にいるアデラインにだけ聞こえる声で、フレデリックが真情を吐露した。

積極的に悪事を働いていないとしても、見て見ぬ振りを続けていた者たちの変化を、諸手《もろて》を挙げて歓迎するという心境ではないらしい。

証拠が示されると、皇太子はうなだれて、もう言い返すことはなかった。

「ランドン。私はそなたが賢い人間だと思っていた。実際、政に関しての能力は問題なかったはず……。なにをしても、誰も逆らわない。皆がすべてを肯定する……そういう慢心がそなたを変えてしまったのだろうな」

「父上……っ！」

「帝国の民を政争の道具にしたそなたが皇帝になる日は訪れない。これからそなたの罪は公になり、一人の人間として裁かれる。……覚悟しておくように」

その宣言の直後、皇太子――ランドンは衛兵に連行されていった。

「このたびの件は私にも責任があった。老いは罪だ。……フレデリックよ、そなたはこれより皇太子となれ。そして近いうちに皇位の継承を……」

皇帝は引責による退位を望んでいるのだ。

「御意」

フレデリックは一切ためらわず、その命令を受け入れる言葉を口にした。

今の皇帝に必要なのはきっと療養だ。血縁であるフレデリックのほうがそれをよくわかっていて、だからこそ決意したのだろう。

（フレデリック様が皇太子に、そして皇帝になられる……。そのとき、私は？　私はどうなるのでしょう）

ラースでの戦いが終わった直後から、ずっと考えていたことだ。

彼が皇太子となったあとのアデラインの扱いについては誰も言及していない。

皆がフレデリックの決意に喝采を浴びせる一方で、時折アデラインのほうをチラリと気にする者がいた。

なぜ当然のようにフレデリックの隣にいるのか、場違いだ、身を退け……言葉にせずとも、そういう意味が込められているのだと伝わってくる。

(冷たい視線……当然よね。だって私は、ランドン殿下が無理矢理押しつけた……嫌がらせのための花嫁だもの)

フレデリックの人柄からして、妃に据え続けてもうまみがないという理由でアデラインを遠ざけるはずはないとわかっている。

彼はどれだけ不利益を被っても、一度懐《ふところ》に入れたものを手放さない人だ。

だからこそ、アデラインは不安だった。

フレデリックが自分のせいで茨《いばら》の道を進んでしまうとしたら、身を退くべきかもしれない。

◇　◇　◇

それから、フレデリックは屋敷を留守にすることが増えた。

彼は今後、都から遠く離れたラース領では暮らせなくなる。そのため、早急に将軍を派遣しなければならないし、次の皇帝となるための様々な準備も必要だ。

そしてランドンの失脚が公にされた直後から、既婚者であるはずのフレデリックのもとには、女性の肖像画や釣書が送りつけられてくるようになった。

もちろんフレデリックは抗議の手紙を添えてそれらを送り返したが、そんなものが屋敷に届くのはアデラインが貴族たちに侮《あなど》られている証拠だった。

「これから公の行事が増えるだろうから、君もいくつかドレスを作ったほうがいい。……どこか、仕立屋に心当たりはあるか？　ラースとは違って数多の職人がいるんだから、好みの店に予約を入れよう」

フレデリックは肖像画の件には一切触れず、アデラインを妻として扱い続けた。

これまで貴族の女性らしい楽しみとは無縁だったアデラインに〝当たり前〟を与えようとしてくれる。

ドレスを作れという言葉の裏にも、皇太子妃としてふさわしい装いに改める必要があるという意図が察せられた。

きっとアデラインがなにも言わずにすべてを受け入れたら、人気店でドレスを仕立てて、彼のエスコートで皇太子妃として舞踏会に参加できるのだろう。

「それよりも、私……皇太子となられたあなたの隣できちんとした振る舞いができる自信がなくて……それで……」

皇太子妃、そして未来の皇后となるためには、圧倒的に後ろ盾が弱く、社交の場に出ていなかったために人脈もない。

だからフレデリックは、アデラインに固執せず、離縁も選択肢に入れるべきだ。

アデラインはそんな話を切り出そうとしたのだが……。

「あぁ、すまない。そうだったな。宮廷には様々な規則があるから不安だろう。すでに作法に詳しい女性に教師役を打診しているところだ。……君はなにも心配しなくていい」

「教師役……？　そうだったんですか……」

誰が未来の皇后となるのかという件に関して一切の迷いがない彼に対し、アデラインはうまく話を切り出せないままだった。

そしてランドンが失脚してから半月後。

この日、フレデリックは皇帝や重臣たちとの会議があって不在だった。

アデラインは午前中に届いたジョナスからの手紙に目を通し、返事を書いていた。

手紙には、ケイティとリネットは出家させる方向で、どこか慎ましい生活が送れる修道院を探している最中だと書かれていた。

ジョナスはアデラインに強くあたったことを恥じ、許されるのなら直接謝罪がしたいと申し出てくれた。

元来素直な性格だから、あとは客観的に物事を見定める力さえ養ってくれれば、きっと将来いい伯爵になるのだろう。

ハリソンも少しずつではあるものの、当事者意識を持とうとはしてくれているみたいだった。

結局、皇太子からの支援があっても、リネットたちの浪費がそれを超えてしまい、ヴァルマス伯爵家は今財政的に大変苦しい状況だという。

それでも、彼らの未来が暗いものではないと願いたい。

ジョナスへの返事を書いてから、アデラインは都まで同行してくれたポリーと一緒に趣味の刺繍をして過ごしていたのだが……。

「ヘレナ様が？」

メイドが来客を知らせに来た。

ヘレナは辺境ラースを訪れるときですら予告をしない人だから、当然今回も約束などしていない。そのためメイドはかなり困惑している様子だった。

「いかがいたしましょうか」

「お通ししてください。私も支度を終えたら参ります」

メイドにもてなしを頼んでから、アデラインはすぐに着替えを始めた。

今日に限ってコルセットも使わない、ゆったりとしたデイドレスをまとっていたのだ。客人を迎えるのならもう少しきっちりとしたドレスがいいだろう。

「お急ぎになる必要はありませんのに！」

ポリーはかなり不満そうだったが、言葉とは裏腹にてきぱきと仕事をしてくれる。

支度が終わってから、ポリーと二人でヘレナがいるはずの応接室に向かう。

城砦でアデラインを罠に嵌めようとしたあの侍女は解雇され故郷に帰ったらしく、今日のお付きの者は若いメイド二人だった。

「アデライン様！」

「ヘレナ様……ごきげんよう。ようこそおいでくださいました。先触れをいただければ、お待たせせずに済みましたのに」

アデラインはテーブルを挟んでヘレナの向かいに腰を下ろした。

「待つのは苦ではないの。大丈夫よ」

遠回しに、次回は約束を取り付けてほしいと言ったつもりだったが、残念ながらヘレナには通じなかった。

おそらくは周囲が自分に合わせるのが当然だと思っているのだろう。相変わらず悪気はないけれどやや常識に欠けているいつものヘレナだった。

「本日、フレデリック様は大切な会議があるということで不在なのです」

「フフッ、もちろん知っているわ。だってお父様も参加されているんですもの。……今日はね、あなたにどうしてもお礼が言いたくて来たのよ」

「お礼？」

ヘレナに感謝されるとしたら侍女を罰しなかった件くらいしかないはずだ。けれど、それならば彼女がラース領から去る前に言うべきであり、今更という感じがした。

「今までフレデリックお兄様を支えてくださってありがとう！」

満面の笑みを浮かべたヘレナが、テーブル越しにアデラインの手を握りながらそう言った。

「え、ええ……？」

　確かにアデラインはこの半年ほどのあいだ、フレデリックを支えられる人間になろうと努力してきたつもりだ。けれど、フレデリックにとってただの親類でしかないはずのヘレナから礼を言われるのは筋違いな気がした。

　こういうやり取りは、彼女がラースを去るときにもしていたが、相変わらずなんと返せばいいのかわからなかった。

「だから、これからはわたくしがお支えするわ」

「……それは、どういう意味でしょうか？」

　なにが「だから」なのか……。文脈が読み取れないのは、アデラインの察しが悪いからだろうか。

　ヘレナは自分の言葉にかなりの自信を持っている。そのため、意図を察することができないアデラインを不思議そうな顔で見つめていた。

「それなら、アデライン様にもわかるように説明してあげますわ。ランドンお兄様に代わってフレデリックお兄様が皇太子になられるのよ！　ご存じないのかしら？」

「もちろん存じ上げております」

「わたくしたちが結婚できなかったのは、次期皇帝と仲が悪いフレデリックお兄様との結婚をお父様が許してくださらなかったからです。……そして、その障害がようやく取り払われたの！　これほど嬉しいお話はないでしょう？」

ヘレナがフレデリックを慕っているのは誰が見ても明らかだ。

フレデリックがヘレナをどう思っていたのか、アデラインは彼にたずねたことがない。

ただし、二人が互いを将来の結婚相手として認識していたという話はヘレナの妄想とは言えない部分があると思っていた。

フレデリックはアデラインのことを理想の花嫁だと言っていたが、それはあくまで皇太子だったランドンとの争いを回避するための理想である。

皇太子の妨害によって消えた縁談があったはずで、その相手がヘレナだったと予想できる。

もしそうだとしても、すべて過去の話だ。

「あ、あの……フレデリック様と私の結婚はすでに成立しております。ヘレナ様のご事情は残念に思いますが、今更覆るものではありません」

「お兄様が初婚じゃなくてもわたくしは大丈夫よ」

「……私は、フレデリック様と別れるつもりはありません」

実際にはその可能性を考えているアデラインだが、現時点でヘレナがフレデリックを支える立派な皇后になれるとは思えない。

譲るとしたら、それはアデライン自身が心から納得できる相手にだけだ。

「どうしてかしら？　だってランドンお兄様に強要されて嫁いだのだから、ランドンお兄様が失脚したらお別れするべきでしょう。……少々図々しいのではなくて？」

キョトン、と首を傾げながらヘレナが問いかけてきた。

一切の迷いのないヘレナの言葉は痛い部分を突いてくる。それでも今は、ここで退いてはいけない気がした。

「私たちの結婚は皇太子……いいえ、ランドン殿下のご命令によるものでした。ですが、私はフレデリック様をお慕いしております」

「そう……？」

ヘレナの表情が一瞬だけ曇った。けれども数秒の沈黙のあと、またいつものキラキラとした笑顔の彼女に戻る。アデラインは澄み切ったその笑みがなぜだか怖いと感じた。

「あなたのことはかわいそうだと思うわ。……でもね、よく考えてちょうだい。あなたとわたくし、どちらが次期皇帝であるフレデリックお兄様にふさわしいのかしら？」

没落し、取り潰しの可能性すらある伯爵家の娘と、政治的発言力が強い公爵家の娘——身分だけを考えれば妃にふさわしいのはもちろんヘレナだった。

そんなことはアデラインにもわかっている。

「それは……そうかもしれませんが……でも……」

「わたくしは、お兄様のことを第一に考えて一度身を退いたの！　アデライン様がもし本当にお兄様を愛しているというのなら、互いに一度ずつ譲ったら、わたくしたち平等になれるでしょう?」

すると斜め後ろにひかえていたポリーがスッとアデラインの視界に入る位置まで歩み出た。

「おそれながら、アデライン様。公爵令嬢のお言葉に耳を傾ける必要はありません。……あなた様は殿下の妻なのですよ！」

これはポリーからのしっかりしろという激励だった。

「……主人の会話に口を挟む使用人なんて……どんな教育をしていらっしゃるの?」

ヘレナがすぐに抗議の声を上げる。

ポリーはそんなヘレナに対し、にっこりと余裕の笑みで応戦した。

「あら、恐れ多くも第二皇子殿下の妃に冤罪《えんざい》をふっかけた侍女の存在をお忘れですか?　公爵令嬢こそ使用人にどんな教育をしていらっしゃったのでしょうね」

「あれは……侍女が勝手に……わたくしのせいではないのに……」

侍女の件を持ち出されたら、ヘレナには使用人についてなにも言う権利はなくなってしまう。

ポリーは強い女性だった。

「ポリー、もういいわ。……ありがとう」

彼女の言うとおり、現時点でアデラインはフレデリックの妻なのだ。

アデラインは姿勢を正し、ヘレナをまっすぐに見据えた。

「ヘレナ様のご意見は、確かに一理あると思います」

「わかってくださったのね！」

「ええ、あなたの主張は理解いたしました。……ですがやはり、ヘレナ様が口出ししていい内容ではございません。私自身が退くべきと判断した場合には離縁という選択をいたしますが、それはフレデリック様と二人で決めることですから」

きっぱりと告げると、さすがのヘレナも不機嫌になった。

「フレデリックお兄様はお優しいから、義理で誤った選択をしてしまうのではなくて？　その前にアデライン様がご自身のお考えで身を退くべきだと教えてさしあげているの！　それこそ、愛するお方のためにしなければならない崇高な使命だわ」

ソファから立ち上がり、彼女は声を荒らげた。

(言われなくても……それはわかっているわ……！)

ヘレナの主張はランドンが失脚してからアデラインがずっと考えていたことだ。

「随分と騒がしいな」

応接室の扉が急に開かれ、そこにフレデリックが立っていた。

今後の方針を決める会議は、もう終わったのだろうか。

「フレデリックお兄様！　お帰りなさいませ」

ヘレナがフレデリックに近づくが、彼はそれを無視し、アデラインの隣に座った。

腰のあたりがすぐに引き寄せられた。

「アデライン、ただいま」

「お……お帰りなさいませ」

まるでヘレナなどいないように扱う。

これまでのフレデリックらしくない行動だった。

さすがのヘレナもフレデリックの静かな怒りを察しているようだ。けれど納得がいかないようで唇を噛みしめながら先ほどまで座っていたソファに戻る。

暖炉のある温かな応接室の空気が一気に冷え込んだ気がした。

「……ところで、なぜ君がアデラインに離婚を強要しているんだろうか？」

「皇后候補としての責務ですわ」

大きなため息をついてから、フレデリックは話を続けた。

「だからっ、なんで、ヘレナが、候補になるんだ！　自意識過剰にもほどがある。発言だけで不敬だ」

「フレデリックお兄様……どうなさったのですか？　なんだかおかしいわ」

「ヘレナ、これまで数少ない支持者であったグラフト公爵との関係上、君に甘かった部分はあるかもしれない。だが、私には君を妃にする気はこれっぽっちもない」

「そんな……っ！　フレデリックお兄様はわたくしのことを妹のように思ってくださっていたではありませんか？」

「君が勝手に、兄妹のような関係だと主張していただけだ」

ヘレナが唇を小さく震わせた。ブツブツと聞き取れない言葉を発したあとに、何度も大きく頭を振る。

「違う……違いますわ。お兄様がおっしゃったのです。……確か、『あえて言うなら、妹……』と。……わたくしとお兄様は家族同然ということでしょう？」

フレデリックはもう一度深いため息をついた。

「言ったかもしれないが、だからなんだというんだ？　……私と兄上の関係をよく知っているだろうに。私にとって兄弟とは好き嫌いに関係なくどうしても付き合わなければならない存在だ。なんで性別が変わっただけで愛情を向ける対象になるんだ？　しかも妹とは絶対に結婚できないじゃないか」

「そんなはずないです。わたくしが……フレデリックお兄様と一番親しい令嬢で……。お兄様だって、わたくしのことを可愛いって思ってくださっているはずで……」

キュッとドレスの布地を掴みながら、ヘレナは瞳を潤ませた。

これまで結構な被害を受けているはずのアデラインですら、その姿がかわいそうで、庇いたくなってしまうほどだった。

それでもフレデリックには揺らぐ気配がない。

「君はいくつになったら私の言葉をまともに聞いてくれるんだ？　そんな気はないと何度も伝

えているはずだ。公爵も困っていたぞ」

　公爵というのは、ヘレナの父親であるグラフト公爵のことだ。

「お父様は、わたくしが苦労しないように考えてくださっただけで……。フレデリックお兄様もわたくしの幸せのために断ったはずで……」

「そうやってなんでも都合よく解釈する悪癖をどうにかしてくれ！　言い聞かせても時間の無駄だと長い付き合いから諦めて、放置していたのが悪かったのか？」

　アデラインは一つ勘違いをしていた。

　フレデリックはヘレナに甘く、彼女のわがままを結局は聞いてしまう部分があった。兄妹のように親しいとヘレナが語っていたから、恋愛感情ではないとしてもフレデリックもヘレナのことを彼なりに可愛がっているのだと思っていた。

　実際にはそうではなく、毎回否定しても話にならないから言わせておくことに慣れてしまっていただけだったのだ。

　ヘレナはわけがわからないという様子で、顔面蒼白《そうはく》になっていた。

「でも、今ならお父様も考え直してくれるはず。……今のお兄様ならわたくしとつり合うわ！」

「つり合う？　笑わせるな。……第一、私の噂を鵜呑《うの》みにしていた者にどうやって好意を持てと？」

「……誤解くらい誰でもしますわ。お兄様ならば許してくださるって信じているもの」

「いいや、私は聖人君子ではないから無理だ。噂の件も、今回の戦いも……そばで支えてくれたのは誰だ？　どうしてその者を愛さずにいられると思うんだ」

フレデリックはヘレナに見せつけるように、アデラインを強く引き寄せた。

その光景を目の当たりにしたヘレナが、はっきりとアデラインに負の感情を向けはじめる。

彼女はおそらく、アデラインを対等な存在として認識していなかったのだろう。

フレデリックの妻だとしても、簡単に奪い返せる相手だと思っていたからずっと余裕でいられたのだ。

ようやく今、そうではなかったと気づいたのかもしれない。

「違う、違うわ！　お兄様はわたくしが危険な目に遭わないように、帰れとおっしゃったのでしょう？　アデライン様がそばで支えたなんて……そんなのずるいわ！　だったらわたくしも残りたかった！」

ラースに残っていたら、フレデリックを支える役割をヘレナが果たしていたと言いたいのだろう。

「ずるい？　アデラインには城砦《じょうさい》を預かる私の妻としての責任があったから共に戦ってもらった。君はなんの役にも立たないから帰らせた。……ただそれだけだ」

「そんな……そんな……」

「これまでは精神的な被害を受けるのが私一人で、実害はないと思っていたから放置していたが、アデラインを傷つけるのならば容赦はしない。つい先ほど公爵にも釘《くぎ》を刺しておいたから屋敷に帰って親子で話し合うように。いいな?」

絶対に、ヘレナのいいように解釈させないというはっきりとした意思がそこにはあった。

「酷いですわ! 酷い……わたくし……」

ついにはヘレナが泣き出し、わーっと叫びながら部屋を飛び出していった。

お付きのメイドたちが慌てて追いかける。しばらくエントランスのほうが騒がしかったが、そのうちにヘレナ一行が帰り、屋敷は静寂を取り戻した。

「あの……よかったんでしょうか?」

「あれでも通じたかあやしいぞ。何度似たようなやり取りをしたのか……私もよく覚えていないんだ。今度こそ理解してほしいと願うばかりだな。……最近はいちいち否定するのが面倒になっていたが……ハァ……」

ヘレナの言葉を否定しても意味がないという状況は、今日のやり取りでよくわかった。

「ところでアデライン。先ほど……一理あるだとか、退くべきと判断した場合だとか、離縁……なんて不穏な言葉が聞こえたが、どういう意味だろうか?」

フレデリックの目が据わっていた。ここにはいないヘレナではなく、隣にいるアデラインにはっきりとした非難の視線を送ってくる。

「……え、あの……ヘレナ様がふさわしいと思ったわけではなく……ただ、私は……」

ヘレナに皇后となる資質があるとは思えないが、アデラインが最良の妃ではないことも自分自身でよくわかっている。

心の底からフレデリックの幸福を考えるなら、身を退く覚悟もすべきだと前々から考えていた。

「ヘレナではないとしたら、これまで皇后となるはずだった兄上の元婚約者あたりか？　それともほかに候補でもいるのか？」

「……それはまだ、わかりません」

重臣の娘の誰かが候補になる気がしたが、具体的にはわからない。

貴族の力関係すら把握していないからこそ、自分ではないと思うのだ。

「少し前からおかしいとは感じていたんだ。君が遠慮がちなのは今に始まったことではないが、最近それに拍車がかかっていたから。ドレスを作ろうと言ってもどこか上の空だったし」

「申し訳ありません、それでも……この先に求められるお役目は、私には荷が重いのです」

真面目な話をするいい機会だと考えて、アデラインはフレデリックに本音をぶつけた。

そもそも皇族であるフレデリックとの婚姻だって分不相応だったのだ。未来の皇后になれる能力なんて持ち合わせていないし、周囲も認めてはくれないだろう。

「負担をかけてしまうことはすまないと思っているが、皇后となる資質だけなら申し分ないはずだ。……例えば候補になりそうな高位貴族の令嬢がどれほどのものだと言うんだ。身近な代表がヘレナなんだぞ？」

「それは……」

ヘレナと比較したら、個人の能力としてはアデラインがずっと上であるとフレデリックは言いたいのだ。

けれど、アデラインにはいくら望んでも欠けている資質がある。

「……もし、ヴァルマス伯爵家のことを気にしているのなら、問題ない」

「どうしてですか？」

アデラインも、本当はフレデリックと離れたくはなかった。

努力すれば彼に苦労をかけずにいられるのならば、そうしたいと思っていた。

けれど、やはり生家の力が弱すぎるという点は、どうにもならない。誰が見ても明らかな事実だが、フレデリックはなぜ問題ないなどと言うのだろうか。

「……グラフト公爵が後押しをするはずだから」

「え？」

グラフト公爵はヘレナの父親だ。アデラインにとっては見ず知らずの人物で、邪魔される理由はあっても協力してくれる理由がわからない。

「例の侍女の件……あれはヘレナにだって責任がある。法的な罪には問われなくても、この国の社交界で爪弾《つまはじ》きにされるくらいの醜聞にはなるだろうな。主人は無関係です……なんて理論は真実だとしても通用しないものだ」

「あの事件と、私たちの婚姻継続になんの関係があるのでしょうか？」

アデラインは首を傾げる。

「侍女の件はグラフト公爵に対する交渉材料にすると言っただろう」

確かにフレデリックは、侍女の取り調べが終わったあとにその方針を告げていた。

アデラインはしばらく考えて、フレデリックの思惑を予想していく。

「もしかして……ヘレナ様の醜聞を広めない代償として、フレデリック様と私の婚姻継続をグラフト公爵に支持させる……ということでしょうか？」

「さすがは我が妃といったところだな」

褒めてもらえたアデラインだが、軽く説明されるまでフレデリックの意図に気づけなかった自分を恥じた。

公爵はヘレナが社交界で立場を失う弱みをフレデリックに握られているため、娘を皇太子妃に推挙するなんていう図々しい真似ができなくなる。

ヘレナを皇太子妃にする道がないのなら、ほかの有力貴族の令嬢よりも無害なアデラインを皇太子妃に据えたほうが、グラフト公爵にとっていくらかましな選択だろう。

だからヘレナの醜聞をもみ消すことで、アデラインはグラフト公爵からの支持を受けられるという構図は理解できた。

「そのようなお考えがあったとは知りませんでした。……ですが……私は……」

けれどそれは、フレデリックにとって最良の選択なのだろうか。

これから皇太子としての地固めをするのならば、やはりアデラインよりもふさわしい令嬢はたくさんいる。

「これから兄上の派閥の人間が大勢こちら側にすり寄ってくるだろう。どの派閥からも妃を迎えないという選択はありだと思っている。……結婚によって誰かの傀儡《かいらい》になる危険性を考慮したら、君との離縁は得策とは言い難い――と、言っておけば君は納得してくれるだろうか？」

「屁理屈《へりくつ》に聞こえます」

フレデリックは強い人だから、誰かの傀儡に成り下がることなどない気がした。

それでも結婚によって得られる支持を、彼は必要ないと言って切り捨てるのだろうか。

「実際、屁理屈だからな。……根本的な考え方を変えてほしい。私は君を愛している。妃は君以外に考えられない。その前提を変えてはならない」

抱き寄せる腕の力がさらに強くなる。逃がさないと言われているみたいだった。

「フレデリック様……」

「特定の派閥から妃を迎えないことによって利益を得られるように……私たちが動くんだ」

どの道を選べば最善かという選択をするのではなく、進みたい方向が最善になるように、自分たちや周囲を変えていく。そんな考えもあるのだろうか。

「思い悩んでも無駄だ。……絶対に離さないから」

アデラインが退こうとしても、こうやって彼が言葉と態度で一緒に歩む道を示してくれる。

これではどうあっても、逃れられない。

彼がそのつもりなら、進む道が少しでも歩きやすいよう努めるのが妻の役割になるはずだ。

彼にどう答えたらいいのか考えていたところで、フレデリックがスッと立ち上がり、そしてなぜかアデラインを担ぎ上げた。

「フレデリック様？　そんなふうに抱えなくても、逃げませんよ……」

アデラインは下りようとしたが、腕の力が強くて敵わない。足をバタバタとさせて不用意に蹴ってしまうこともできなくて、そのまま寝室に運ばれていった。

「私はまだ怒っているんだが？」

ドン、と乱暴にベッドの上に落とされる。

昼間から彼がなにをしようとしているかは明らかだ。

「……だ、だめです」

「もし立場が逆だった場合を考えてみたんだが……。仮に私に至らぬところがあったとしても、ほかの男に君を譲るなんて考えられない。アデラインの愛情が足りないからそんな発想になるんじゃないか？」

今日のフレデリックは最初から肉食獣みたいな瞳をしている。

彼が上着を脱ぎ、シャツのボタンをいくつかはずすあいだも、獲物になってしまったアデラインはその場から動けなかった。

「そ、そんなこと……ありません。性格の違い……だと思います！　……あっ、あの……？」

身を退いてもいいと考えたのは、フレデリックを想っているからこそだった。

自身が相手の不利益となる可能性を考えて、それでも共にあり続ける選択ができる人間は、おそらく強い人だ。

アデラインは必死に訴えるが、フレデリックには止まってくれる気配はない。ギシリと音を立ててベッドに上がると、すぐに肩が押されて、アデラインは彼の下から逃れられなくなった。

「後ろ盾の弱い君に苦労をかけてしまうとわかっているんだ。……それでも……」

アデラインが皇太子妃として嫌な目に遭っても、後悔させない自信がフレデリックにはきっとあるのだ。

強くて、少しだけずるい人だった。

「愛している……離れないでくれ……」

わざと耳元に唇を寄せて話すのは、彼がアデラインの弱点を誰よりも知っているからだ。

吐息がかかると、そこから全身に熱が伝わる。こそばゆくて、なにかが足りない心地だが、もっと甘い言葉が聞きたくなる。

「……フレデリックさ、ま……」

「ほら、答えて……」

表情が見えなくても、彼がクスクスと笑っているのはその息づかいでわかる。

ほんのお遊び程度の触れ合いでとろけてしまったアデラインをからかっているに違いない。

「でも……ひゃっ！」

「アデライン？　でも、じゃないだろう……。そんな言葉はいらない」

今度は耳たぶが食べられてしまった。舌が絡みついて、時々歯があたる。フレデリックはきっと求めている答えしか聞かないつもりだ。

「……あぁ……私……。フレデリック様と一緒にいたいです。……愛しているの……だからっ」

「そうか、素直なアデラインには褒美をやろう」

ドロワーズが強引に引きずり下ろされて、すぐさま指がアデラインの秘部に滑り込んできた。

「ひっ、あ……あぁっ」

クチュリ、と音を立てながらその場所はたやすく指を受け入れてしまう。

(私……っ！　耳に触れられただけで……濡らしてしまったの……？)

自分でも信じられなかった。カッと身体が熱くなり、フレデリックと目を合わすことができない。とても恥ずかしい身体になってしまったのだと自覚していく。

今、フレデリックに指摘されたら羞恥心で泣いてしまうだろう。

「はぁ、んっ、んん」

どんどんと荒くなっていく息づかいを悟られないように必死になりながら、アデラインはフレデリックの手技に溺れていく。

普段より強引で、乱暴に感じられるくらいの性急さで進められても少しも痛くはなかった。そういう身体になってしまったのだ。

「あぁ……私にも触れてくれ……」

フレデリックは片手で器用にトラウザーズをくつろげて、アデラインの腕を掴み男根まで導いた。

「……フレデリック様の……」

そっと握ると、そこは硬く勃ち上がり、アデラインとの繋がりを求めているのがわかった。

「触れて……心地よくしてくれ……」

アデラインはコクンと頷いて、男根に刺激を与えていった。

こんな行為を彼から求められた経験は一度もない。アデラインが秘部を濡らしていたのと同じように、フレデリックも最初から男の象徴を滾《たぎ》らせていたことを教えてくれているみたいだった。

そこが男性の急所だと知っているし、どれくらい力を込めればいいのかわからず、戸惑いが大きい。それでもフレデリックの反応を見ながら、言われるがまま手を動かす。

頬を赤らめて、時々吐息を漏らすフレデリックがなんだか可愛らしい。けれど、そんなふうに思える余裕があったのは最初のうちだけだった。

「……んっ、はぁ……んん！」

フレデリックの指使いが次第に激しくなっていく。

内壁の弱い場所を探られるだけではなく、別の指が淫芽にも刺激を与えている。彼の手の動きに合わせて身体の奥から大量の蜜があふれて、卑猥な水音を立てていた。

油断するとそちらにばかり気を取られ、男根への奉仕に集中できなかった。

「あぁっ、激しい……。ん、あぁ」

「だが、これがいいんだろう？」

壊れてしまわないか不安になるくらい強くされるのがたまらない。フレデリックが余裕を失えば失うほど、アデラインも昂り、より強い快感を得られた。

「……もう、私……っ」

わずかな愛撫だけで絶頂が訪れる予感を覚える。

けれど、アデラインが達する前に、フレデリックが手を引いてしまう。

あと少しだったのに……という不満がアデラインの頭の中に浮かび、そんなふうに思ってしまった淫らな自分を恥じる。

なにかを考える余裕があったのはほんの短いあいだだった。

「あっ、あああぁ、あ……！」

フレデリックが予告なく、深い繋がりを求めてきた。

いきり立った熱杭がズンとアデラインの奥深くに入り込む。十分に蜜で潤い、達する寸前だったその場所はもう喜びしか感じられなくなっていた。

「随分とよさそうだ……」

一気に汗が噴き出して、視界が揺らめいた気がした。

アデラインはもう思考すらままならなくなって、激しい揺さぶりをただ受け入れていた。

「果てて、しまいますっ。……あ、もう……」

「いいよ」

フレデリックがわざわざ身を寄せてきて、また耳元でささやいた。

彼の言葉が頭に響き、許可をもらったことに安堵したのか、アデラインの中でなにかが弾けた。それが一気に押し寄せてくる。

「あっ、んん――！」

シーツをギュッと掴んでも、どこかに飛んでいってしまいそうな不安感と快楽で、心がもみくちゃになる。

身体が大きく跳ねて、膣が収斂するたびにフレデリックの存在を強く感じた。

「……気持ちいいっ……。あ、あぁっ、ずっと気持ちいい……」

大きな波が去っても、まだふわふわとした心地よさは続いている。

アデラインが余韻に浸ってほうけているあいだに、フレデリックがドレスに手をかけた。破れてしまわないか心配になるほど強引に、胸のあたりが乱される。

そして露わになったその場所に、フレデリックがむしゃぶりつく。

「だ、だめ……です。胸、一緒にされると……。変になる……あぁ！」

軽い律動でも、下腹部と胸を同時に愛されると、正気を失いそうで怖かった。

アデラインはいやいやと首を振るが、フレデリックはおかまいなしだった。

柔い二つの膨らみを交互に口に含みながら、時々ギラギラとした瞳でアデラインを挑発してくる。

本当に食べられてしまっているみたいだ。

「はぁ……っ、だめ……だめぇ……」

このままでは意識を飛ばしてしまうだろう。

どうにか逃れたくて、アデラインは身をよじる。横に臥《ふ》せる体勢になると、フレデリックは胸から離れてくれたのだが……。

「あっ、あぁ……深い、深いの……」

今度は片脚が抱え込まれ、大きく掲げられての抽送が始まった。

こんな体勢で交わったことは一度もない。向かい合っていたときよりも繋がりが深く、奥を穿たれるたびに息ができないほどの強烈な刺激が生まれた。

「だ、だめぇぇっ！」

「耐えろ……。今は……手加減できない……」

「ん、んんっ！　はぁっ、あぁぁぁっ」

一際腰の動きが速くなる。

アデラインはもう自分が達している最中なのかどうかもよくわからなくなっていた。ずっと気持ちよくて、同じくらいに苦しい。

息が上がって、身体も熱い。涙までこぼれているのにしっかりと快楽も得ている。現実と夢の境目を漂っているのかもしれない。

「……アデライン、もう……っ」

フレデリックが眉間にしわを寄せ、パン、パンと乾いた音が鳴るくらいの激しさで腰を打ち付けてくる。

今日の二人は最初から余裕なんて少しもなかった。理性もどこかに飛んでいき、ただ高みを目指すことしかできなかった。

「うっ、あぁ……！　あぁっ、ん」

一際大きな波がアデラインに襲いかかる。

次の瞬間、フレデリックも荒々しい呼吸を繰り返しながらアデラインの中に精を放った。

そのまま力尽きて、フレデリックがベッドに倒れ込んできた。

アデラインが絶頂の余韻から解放され、呼吸が整うまでのあいだ、ただ軽く抱きしめて、労りをくれる。

中途半端に乱されたドレスが煩わしい。アデラインは身を起こして、きちんと服を着ようとした。

それなのに、フレデリックが引き寄せるようにしてアデラインの動きを妨げる。

「まだ日のある時間に……こんなこと……」

昼間から寝室に籠もって、乱れきった格好のまま抱き合うなんて、考えられないことだった。

アデラインは疲労で震える手を伸ばし、フレデリックの頬を軽く抓《つね》った。強引すぎる彼への仕置きのつもりだった。

「いいな……。こういうの新婚らしくて」

彼は反省もしなければ、不機嫌になることもなかった。

頬を抓るアデラインの手を撫でながら、もっとしろと促してくる。

「もう……！」

「生真面目で……だが、好きな相手に流されやすい……私の願いはなんでも叶えてしまいたくなるんだろう？」

「なんでもかどうかはわかりません」

実際アデラインは、フレデリックが離縁を望んでいないとわかっていたのに、彼から距離を置く可能性を考えて、そちらのほうが正しいと思っていた。

なんでも彼の言うとおりにするわけではないのだ。

「そういう部分が可愛いんだ……愛しているよ、アデライン」

「……私も、愛しています」

きっとアデラインにこの言葉をくれるのはこれから先彼だけであり、この言葉を使うのも彼に対してだけになるのだろう。

アデラインは抵抗を諦めて、彼の胸に顔を埋めた。そして、たった一人の特別な相手のぬくもりを感じるこの瞬間がどれだけ幸せかを噛みしめていた。


それから半年後、フレデリックは譲位によってヴァルマス帝国の新皇帝となった。その隣に並び立つのは、新皇后となったアデラインだ。

厳粛に執り行われた即位の式典が終わると、夜は一転して華やかな舞踏会が開かれる。

アデラインはこの日、白のレースがあしらわれたピンク色のドレスをまとった。このドレスは、ラースの城砦でよく見かける野花の色で、フレデリックがとくに気に入っている一着だった。

皇后にふさわしい品格があり、それでいて二十歳の誕生日を迎えたばかりという若者らしさも損なわれていない、今のアデラインによく似合っているデザインだ。

「君は本当に美しいな」

舞踏会の会場でまさにダンスが始まろうとしているときに、フレデリックがボソリとつぶやいた。

アデラインの容姿は客観的に見てごく平凡だ。

明らかに目が曇っているのだが、フレデリックの感性を否定する必要もないのだろう。

「ありがとうございます。フレデリック様こそ……戴冠式でのお姿も、今も……いいえ、初めてお目にかかったときからずっと素敵です」

戴冠式でのフレデリックの装いは、皇帝にだけまとうことが許されるローブと神々しく輝く帝冠だった。

今はラース城砦での初対面のときと同じ軍の礼装で、アデラインを懐かしい気持ちにさせた。どんな服装でも彼は常に美しく、それでいて力強い。

「初めて会った日の出来事は、できれば忘れてほしい」

「無理ですよ」

彼がばつの悪い顔をするのは、婚儀のときに酷い態度を取ったからだろう。それでも、アデラインにとっては大切な思い出だ。

アデラインの話を真面目に聞いて信じてくれた人は、実父を失って以来彼が初めてだったからだ。特別な人と出会えた日を忘れられるはずがない。

「そういえば、野花ではなく薔薇やダリア……もっと豪華な花に例えたほうがいいと、ポリーに叱られてしまったよ」

話題を逸らしたかったのだろうか。彼はドレスを眺めながらそう言った。

「いいえ。……私は野花を愛《め》でるフレデリック様が好きです。私も、薔薇よりも野花でありたいのです」

以前、城砦の片隅にひっそりと咲く花をフレデリックと二人で眺めたことがあった。

彼が好きだと言ったその花は、風露草の一種で、本当にどこにでも咲いている小さな花だ。

そういうものを愛でるフレデリックの素朴さをアデラインは好ましく思っている。

大輪の薔薇よりも、野花のほうが自分には似合っているとも感じていた。

「そうか、君らしい意見だ」

少しの会話を楽しんでいると、いよいよ音楽が流れ出す。

舞踏会の参加者である貴族たちの注目を浴びながら、楽団の演奏に合わせてステップを踏み出した。

「フレデリック様に一つ、お願いがございます」

ターンのあとに二人の距離が近づいたタイミングで、アデラインはそう切り出した。

「なんだろう？　願い事なんてめずらしい」

「皇帝になられても、どこかの庭先で私と一緒に野花を眺めるようなあなたのままでいてくださいね」

これはアデラインの決意でもあった。

アデラインは皇后となったのだが、品格を保つために贅沢《ぜいたく》をすることもあるだろう。このドレスや、身につけている装飾品だってじつは高価なものだ。

それでも、自分には大輪の花がふさわしいだなんて感じるようになってしまったら、それは驕りに繋がる。

これからはきっと、謙虚であり続けることにも努力が必要になるのだ。

「私こそ、野花を一緒に愛でてくれる君が誰よりも愛《いと》おしい。……君に対してだけはラースで過ごした頃のまま、変わらずにいると誓おう」

フレデリックはアデラインの言わんとするところを理解し、優しい笑顔で答えた。

ランドンの所業が明るみに出て誤解が解けたあとも、フレデリックのアイスブルーの瞳は他者に畏怖を抱かせる。民から尊敬される強き皇帝としては、それくらいがちょうどいいのだろう。

けれど、アデラインには違った印象を与える。

二人が皇帝と皇后としてその役割をまっとうしても、ただお互いを想い合ったあの頃の気持ちだけは忘れない――彼はそんな宣言をしてくれたのだ。

かつて残虐皇子と呼ばれていた新皇帝は、誰よりも弱き者たちを大切にする賢帝として、ヴァルマス帝国に繁栄をもたらした。

新皇后アデラインも、後ろ盾が弱いという部分を感じさせないほど、堂々とした態度で常にフレデリックの治世を支え続けたのだった。

あとがき

この度は『君が悪女じゃないなんて　初夜の寝室で残虐皇子（偽）に困惑されました結果、メチャクチャ溺愛されてます』をお手に取ってくださり、ありがとうございます！

本作は、悪女と呼ばれているアデラインと、残虐皇子という不名誉なあだ名を持つフレデリックが出会い、二人で汚名返上を目指すお話です。

タイトルどおり初夜で若干やらかしてしまったヒーローが真相を知って困惑します。

日頃から、焦ったり反省したりするちょっとかわいそうなヒーローっていいなぁ……と思っておりまして、そういうシーンを書くのがとにかく楽しかったです。

さて、本作のイラストは如月瑞先生にご担当いただきました！　キャラデザで見せていただいた二人の表情パターンがとても素敵で、私のテンションは爆上がりでした。本当にありがとうございます！

最後になりましたが、編集部の皆様と本書に携わってくださった皆様に御礼申し上げます。

これからも、どうぞよろしくお願いいたします。

日車メレ

Mitsuneko
Label

蜜猫文庫をお買い上げいただきありがとうございます。
この作品を読んでのご意見・ご感想をお聞かせください。
あて先は下記の通りです。

〒102-0075 東京都千代田区三番町 8 番地 1 三番町東急ビル 6F
(株)竹書房　蜜猫文庫編集部
日車メレ先生 / 如月瑞先生

君が悪女じゃないなんて
初夜の寝室で残虐皇子(偽)に困惑されました結果、メチャクチャ溺愛されてます

2024 年 4 月 29 日　初版第 1 刷発行

著　者　日車メレ　
発行所　株式会社竹書房
〒102-0075
東京都千代田区三番町 8 番地 1 三番町東急ビル 6F
email : info@takeshobo.co.jp
https://www.takeshobo.co.jp
デザイン　antenna
印刷所　中央精版印刷株式会社

七福さゆり
Illustration すがはらりゅう

理不尽に婚約破棄された令嬢は初恋の公爵令息に溺愛される

**唇、とっても柔らかいね。
ずっとこうしていたくなる**

母の再婚で公爵令嬢になったエステルはその可憐さを王子に見初められ婚約者となった。だが聡明に成長した彼女は不真面目な王子に疎まれ婚約破棄されてしまう。皆の前で辱められ悲しむ彼女を救ったのは、エステルにあえて自分を義兄とは呼ばせなかった公爵令息ジェロームだった。「はいと言ってくれるまで求婚し続けるよ」密かに想っていた彼に溺愛され幸せなエステル。しかしそれを面白く思わない王子が嫌がらせを始めて!?

蜜猫文庫